集英社オレンジ文庫

駒月小毬は困ってる

転生者問題対策室《天紋堂》の残業

我鳥彩子

本書は書き下ろしです。

駒月小毬は困ってる
転生者問題対策室《天紋堂》の残業

CONTENTS

第一話　前世管理委員会の残業

問

「最近、異世界からの転生者が多過ぎるのです」
目の前の男が真顔でそう語り出した時、
取るべき正しい行動を答えよ。

私の名は駒月小毬(こまづきこまり)。

なんとなく困った語感の名前が表す通り、大抵いつも困っている二十四歳、フリーター。

それでも、

――自分の不幸を他人のせいにしない。

そのマインドは、私の数少ない長所だと思って生きてきた。

私の困り事は誰かのせいじゃない。ただ私の運が悪いだけ。――それがとんだ勘違いだと教えられたのは、ある春の日のことだった。

1

事の経緯(いきさつ)を語るなら、まず勤務先の常連客の話から始めるのがわかりやすいだろうか。

私は駅前の和菓子屋でアルバイトをしている。最近、洋菓子も売るようになったこの店では、若い客が増えて、饅頭(まんじゅう)や大福よりもケーキの方がよく売れる。ここを「和菓子屋」と呼んでいいのか悩んでしまうほど洋菓子の方が売れる今日この頃なのだが、店構えも和風だし、ちゃんと和菓子も売っているのだから、一応「和菓子屋」でいいのか……？

日々そんなことを考えながらレジを打っている私に、いつも不思議な視線を向ける客がいた。その視線を一言で表すなら、「憐憫」。
憐れみに満ちた表情で、その人は私を見る。その人は皆に「天紋堂の若だんな」と呼ばれている人だった。

実はこの和菓子屋の名も《天紋堂》という。《天紋堂》というのは古くから続く商家だそうで、今もこの地域でいろいろな事業を展開している。骨董屋の《天紋堂》もあれば書店の《天紋堂》もあり、ネットカフェも銭湯もこの辺はなんでも天紋堂グループだ。

彼はそんな地元の名士の跡取り息子で、和服が普段着という風情から、「若だんな」が通称になっている。齢はたぶん私より二つ三つ上くらいだと思うのだけれど、彼はいつも、にこやか且つのんびりした口調で挨拶しながら店に現れ、

「ご苦労様です～」

「今あるもの全種類、五つずつを三セット包んでくださいな」

売上比率が圧倒的に洋菓子へ傾いているのをひとりで同率に引き戻す勢いで、大量の和菓子を買ってゆく。この店の和菓子ラインナップは常時十五種類はあり、五×十五を三セット、かなりの量である。しかもこんな買い物を週に何度もする。仕事関係のお遣い物用だろうかとは思うものの、私はこの人が仕事らしいことをしている場面を見たことがない。たまに街で見かけても、大抵ふらふら散歩中という感じだ。

なまじ容姿が整っているだけに、歌舞伎（かぶき）や落語で言うところの『つっころばしの若だんな』という言葉が頭に浮かんでしまうわけだが、もちろん私の見ていないところでバリバリ働いている可能性もないことはないし、人を見た目で判断してはいけない。

余計なことを考えながら御所望（ごしょもう）のお菓子をひたすら包んでいる私を、今日も若だんなは憐れみの表情で見ている。

――だからその目は何なのよ。

この店には店長や古くからの和菓子職人、新しく入ったパティシエもいるが、彼らに対して若だんながこんな視線を向けることはない。基本は、誰にでもにこやかな人である。なぜか私に対してだけ、こうなのだ。一度など、私の顔を見るなり涙ぐんで絶句し、しばらく注文の言葉も発せなかった――ということもあった。

ここまで来ると、私の自意識過剰な被害妄想ではないと思う。

明確に、確実に、私は若だんなに同情されている。泣くほど憐れまれている。

でも、なぜ？

私と若だんなに個人的な接点は一切ない。私が彼の存在を認識したのは、去年ここでバイトを始めてからだ。若だんな側からしても、私はただの和菓子屋《天紋堂》のバイトという認識しかないと思うのだが。

それがなぜ、こんなに「かわいそうに……」と目が口ほどに物を言いそうな視線を向けられなければならないのか。
その料簡を問い質したいのは山々なのだが、なんとなく怖くて出来ないのだ。
誰だって、バイト先の客（しかもオーナーの息子）に顔を見ただけで泣かれたら、ドン引きだろう。下手につついてこれ以上おかしな状況になるのも厭だ。だから黙ってやり過ごそうと決めたのだ。向こうが何か言ってくるなら聞く用意はあるが、こちらからは触らぬ神に祟りなしだ。

　そもそも、人から同情される心当たりがあるかないかで言えば、あると言って差し支えないのが私の半生である。

　確かに私は不運だと思う。人の平均不運率などわからないが、たぶん平均よりは不運な方だと思う。

　親の育児放棄で祖父母に預けられて育ったところから始まり、学校の行事はほとんど病気か怪我で参加出来なかったし、試験の類とも大変相性が悪く、高校も大学も本命の入試直前になぜかトラブルが起きて集中を削がれ、サクラチル。滑り止めに救われた青春を過ごし、就活をしてもお祈りメールしか来たことがなく、欲しい物があってお店へ行けば大抵売り切れ、列に並べば直前で売り切れ、通販をポチッとしても後から品切れのお詫びメールが来る始末。いつも一番欲しかった物は手に入らず、諦めと妥協が私の人生なのだ。

ちなみに最近一番の不運は、近所のパン屋さんの看板商品『たまごロール』に見放されているることだ。このパンは私の大好物なのだが、最近どういうタイミングの悪さなのか、ちょうど私が行った時いつも売り切れで、かれこれ三週間近くあのふわふわパンにありつけていない。店長こだわりの卵を使ったこのパンは、その日の卵の入荷量に応じて個数限定販売で、こういう個数や定員に限りがあるものとは滅法相性の悪い私ではあるが、それでもこれまでは一週間のうちに二～三回は買えていた。それがここ三週間、毎日時間を変えて覗いても売り切れというのはちょっと不運が悪化している気もする。

そしてもっと慢性的な不幸を言うなら、私は謎のアレルギー体質で、身体のどこかが常に痒くて皮膚科通いが終わらない。右の膝小僧だけが異様に痒い、左の耳たぶだけがめちゃくちゃ痒い、といった具合に超局所的な痒みが移動するのだが、最近は左手の甲だけがひたすら痒い。病院へ行って検査をしても、原因がわからない。何かのアレルギーっぽいのだが、その『何か』がわからない。仕方がないのでただ痒み止めの薬をもらって帰るのがお定まりとなっている。でも薬を塗っても痒いものは痒い。

そんな私のあれこれを、若だんなは誰かから聞いたのだろうか。

まあお坊ちゃまから見ればかわいそうな身の上かもしれないけれど……総じて「ちょっ

と同情する」はあっても、「泣くほど同情する」ような不幸でもないと思う。実際、そんなに深く同情されても困る。

「――大変お待たせいたしました」

今日も困惑しながらお菓子を包み終わり、私は顔を上げた。手提げの紙袋に大量の和菓子を詰めて渡すと、

「ありがとうございます」

若だんなはずっしり重い紙袋を受け取り、やはり憐れみに満ちた表情で私を見る。瞳がうるうるしている。まさかまた泣くんじゃ――と私が身構えた時、若だんなはくるりとこちらに背を向け、店を出て行ってくれた。

よかった――。

私はほっと胸を撫で下ろしたものの、先行きを考えると暗い気分になった。

あの人は一体何なのか。この先ずっと、私はあの人が来る度にいつ泣き出されるか心配しなければならないのだろうか。

正直、辞めたい――と思うものの、私の不運体質では職を見つけるのも一苦労なのだ。せっかく雇ってもらったバイト先、店側からクビを言い渡されるのでもない限り、そう簡単に辞めるわけにはいかない。

　ここは我慢だ。困り事には慣れている。あの視線に耐えるんだ私。ここを耐えれば、週末には天使と会えるんだから――！

2

　私は自宅近くの弁当屋でもバイトをしている。

　基本的なシフトを言えば、火・木・金が和菓子屋で、土・日が弁当屋である。

　この弁当屋は《かどや》といって、《天紋堂（てんもんどう）》系列ではない。昔は夫婦ふたりで営んでいた店だったのだが、数年前、近くに運動公園が出来て、そこで頻繁（ひんぱん）にスポーツの試合やイベントが開催されるようになった。おかげで客が増え、バイトを雇うことになり、私は学生の頃からここで働いている。

　といっても、今も平日は店長と奥さんのエミさんだけで回していて、大きなイベントの多い土日にバイトがふたり入る体制である。これまでいた専門学校生の男の子が三月で辞（や）めてしまったので、入れ替わりに今度は大学生の女の子が私のバイト仲間になった。

　相原久美（あいはらくみ）ちゃん。大学二年生。小柄で色白で笑顔が可愛い子だ。

　目下（もっか）、私の癒（いや）しの天使である。

「わー、すみません！　遅れました！」

久美ちゃんは今日も私より少し遅れて店に駆け込んできて、慌てててエプロンを掛けた。

「まだ開店前だし、セーフセーフ」

私がウインクしてみせると、厨房の店長夫妻も笑いながら言う。

「また蝶を追いかけて迷子になったの？」

「いや、今日は『タンポポの綿毛を追いかけた』にアスパラ巻き一本」

「違うんです。家を出た時にふと空を見上げたら、雲の形が面白くて――ついじっと観察していたら時間が経っちゃって」

「今日は雲か……！」

「すみません。空が青いと、それだけで嬉しくなっちゃいますよね」

久美ちゃんの弾ける笑顔が眩しい。嬉しくなっちゃうのはこっちだ。

バイト初日から、久美ちゃんはこんな感じだった。落とし物をしたお客さんを追いかけて行ったまま戻って来ないので捜しに行けば、近くの並木道に佇んでうっとりしていた。

「木漏れ陽がもったいなくて動けなくて」

初めはとんだ不思議ちゃんかと思ったが、素直で頑張り屋のいい子だというのは一緒に働くうちにすぐわかった。アルバイトは初めてだとのことで、少し要領の悪いところがあるのはご愛敬。感受性が豊か過ぎる言動も面白要素と思えば愛おしい。今や私も店長たちも久美ちゃんにメロメロである。

「小毬さん、手、大丈夫ですか？」

弁当に総菜を詰める作業をしながら、ゴム手袋をした左手の甲を無意識に掻いている私に、久美ちゃんが心配そうな顔をした。

「あ、うん。蒸れるせいか、つい手袋の上から掻いちゃうのよね」

「今度は手？　小毬ちゃんはいつもどこかが痒いねぇ」

エミさんが苦笑する一方で、久美ちゃんが真面目な顔で言う。

「今度流れ星を見たら、小毬さんのアレルギーが治るように祈っておきますね」

「そんな、私のことなんていいから、お願いは全部自分のことに使って」

「ううん、小毬さんにはお世話になってるし、常に身体が痒いって辛いですよね。わたし、他に何も出来ないから、心を籠めて星に願います。頑張りますよ！」

天使……！

キラキラした久美ちゃんの笑顔にノックアウトされ、私は危うく総菜の入ったバットを引っ繰り返しそうになった。

訳のわからない若だんなが出没する和菓子屋と違って、こっちのバイトは天国だ。

今日も早々にたまごロールは売り切れていたけれど、そんな不運を吹き飛ばす久美ちゃんのピュアな笑顔。この笑顔を守るためなら私は闘える……！

……なんて平和なやりとりをしていられたのは束の間のことで、開店時間を迎えた途端、大勢の客がやって来て店は大忙しになった。今日は運動公園でヒーローショーが催されるらしい。家族連れの客が多いせいで、いつにも増して店の外に長い行列が出来ている。

「二列に並んでくださーい！　ご注文がお決まりの方はどうぞー！」

折詰の弁当だけでなく、総菜単品を選んで買ってゆく客も多いので、まだ仕事に慣れていない久美ちゃんはその対応でいっぱいいっぱいになっている。

「えっと、グラタン弁当ふたつと、肉だんご六個と、シュウマイ四個と、サラダが――えっ、肉だんご三個にして唐揚げを三つ？　あっ、ドレッシングはこちらに――えぇっ、グラタン弁当をやめてハンバーグ弁当ですか？　それとプリン――」

優柔不断な客に翻弄されている久美ちゃんを隣からフォローしつつ、自分の方の列の客を捌きつつ、

――そういえば、こういう時に限って現れる困った人がいるんだよなぁ。

と思い出した私が悪かった。噂をすれば影が差すし、厭な予感は当たるものなのだ。

ようやく優柔不断な客が会計を済ませたあと、次に並んでいた女性がキンキンした声で

久美ちゃんに噛みついた。

「ちょっと！　昨日買った弁当の中身が少なかったんだけど！」

女性がずいっと突きつけたスマホの画面には、本来肉だんごがあるはずの場所が綺麗に空いている《お好み弁当》の写真があった。

またか……と私はこっそりため息を吐いた。

齢の頃は私と同世代に見えるこの女性、去年くらいからよく来るようになった客で、クレーマー気質の困った人なのだ。総菜が抜けているとか違う具が入っていたなどと言われ、初めの頃はこちらのミスかと思って平謝りしていたのだが、余りに同じパターンの苦情が続くので、たぶんこれはもう自分で細工をしているやらせ写真ということで店長たちとも見解が一致している。

「ちょっと、聞いてるの!?　これはどういうことかって訊いてるの！」

「あっ……あの——弁償……お取り替え……」

久美ちゃんは女性の剣幕に萎縮して、大きな目から涙がこぼれそうになっている。

「何よ、あたしが虐めてるみたいな顔しないでよ！　ミスをしたのはそっちでしょ!?　泣けば済むと思ってるの!?」

「大変申し訳ございませんでした！」

私は久美ちゃんの腕を引いて対応を代わり、深く頭を下げた。

「《お好み弁当》ですね。こちら、どうぞ出来立てのものをお持ちください。今後はこのようなことがないように細心の注意を払いますので、はい、わざわざご足労いただきまして誠に申し訳ございませんでした。はい、どうぞお気をつけてお帰りくださいませ。はい、こちらです――」

　ひたすら謝りながら代わりの弁当を押しつけ、押し出すように店の外まで誘導して追い払う。それがこの客への基本対応である。

　弁当の総菜が足りないのも違っているのも、買って帰ってから自分でどうとでも細工が出来ることだ。だがそこを追及したところで、この手の人はもっと逆上して面倒なことになるのが目に見えている。どうしてこんな悪戯クレームを繰り返すのか、精神状態が心配になるところではあるが、こちらも忙しいのであって（いつも混んでいる時に来るのだ！）、クレーマーのメンタルケアにまで付き合ってはいられない。

「……ふん。もっと気をつけてよね」

　店の外まで見送って頭を下げる私に、女性は少し興奮が冷めたような表情で言うと、何やら不思議な視線を残して帰って行った。

「……？」

ともあれ、客の行列はまだ続いている。私は急いで店の中へ戻った。

やがて公園の方でイベントが始まると、客足が落ち着き、一息つける時間となった。

「本当にあのお客さんは困ったもんだよねぇ……」

「いつも小毬ちゃんに対応してもらって済まないね」

店長たちに労われつつも、私は久美ちゃんの方が心配だった。

「さっきは大丈夫だった？　なんか久美ちゃんに当たり強いよね、あの人」

先週末も混んでいる時間帯に来て、久美ちゃんに絡んでいたのだ。

「わたしがとろくさいからイラするのかも……。小毬さんには普通ですもんね」

「普通、というか……あの目はちょっと、なんだろうなぁ……」

帰り際の、あの視線。あれはなんというか、若だんなを彷彿とさせる憐憫の情を感じたんだけど……。

「私ってそんなに気の毒そうなオーラ出してるのかな……」

「え？」

クレーマーに同情されるようじゃ、いよいよおしまいという気もする。苦笑しながら、天紋堂の若だんなについて説明すると、久美ちゃんは瞳を煌めかせて言った。

「その人、小毬さんのことが好きなんじゃないですか？」

「いや、あれは絶対そういうアレじゃない」

「またまたー、断言するのは早いですよ」

久美ちゃんはコイバナが好きなのだ。だがご期待には沿えそうにない。

「ほんとにそういうんじゃなくて、うーん、喩えて言えば……ひどい苦役を課されている奴隷を憐憫の情で見る優しいご主人様……みたいな？　救けてあげたいんだけどひとりだけ救けても根本的な解決にならない、制度そのものを変えるにはどうすればいいのか、己の無力に打ちひしがれ、途方に暮れて立ち竦む――そんな眼差しというか」

「奴隷……」

久美ちゃんの表情が曇っていた。やはりコイバナじゃなくてがっかりさせてしまったか。

「ごめんね、最近読んだ小説でそんな話があって、なんとなく喩えで出てきちゃった。とにかく、ラブ方向の話じゃなくて、ひたすら同情されてる視線なのよ」

「――じゃあ、生き別れの兄妹とかどうですか⁉　ラブじゃないなら、そっちの路線かもしれませんよ！　それはそれで美味しいですよ！」

がっかりから復活した久美ちゃんの想像力は可愛かったけれど、そんな昔の少女漫画みたいな展開も絶対ないと思う。

だったらあの視線の理由は何なのか。誰かわかる人がいたら教えて欲しい――。

3

翌日の日曜日も、弁当屋のバイトだった。

朝から生憎の雨で、それでも寄ったパン屋では今日もたまごロールが売り切れていた。私があまり美味しい美味しいと宣伝するので久美ちゃんも食べたがっていて、一度買っていってあげたいのに私の不運のせいで叶わずにいる。

店に着くと、今日も私の方が先で、少し遅れて久美ちゃんが駆け込んできた。通用口で傘の水気を払っている久美ちゃんを見て、私は思わず声を上げた。

「あ、その傘！」

「え？」

「駅前の雑貨屋さんで売ってたやつでしょ？　見かける度に気になってたんだけど、晴れると忘れちゃって、そうこうするうちに売れちゃってたのよね。久美ちゃんが買ったんだ」

「え、ごめんなさい！」

「いやいや、謝ることないって。可愛い傘だもんね」

「はい、一目惚(ひとめぼ)れしちゃって。ピンクが好きなんです」

可愛いピンク色の傘。ショーウィンドウから消えていた時はがっかりしたけど、私に買われるより久美ちゃんに買ってもらった方が傘も嬉しかろう。そう思えばがっかり気分も消え失せるから天使の力は偉大である。

「でも、雨でも何かイベントやってるんですね」

久美ちゃんが公園の方角を見遣(みや)りながら言う。

「雨天決行で、何かの即売会みたいなのやってるみたいね。さすがに昨日と比べれば人出は少なそうだし、今日はそれほど混まないいんじゃないかな」

予想通り、客は昨日よりずっと少なかった。けれどそれで楽が出来たかと言えばそうもいかなかった。午後になって、

「うわー!?」

「きゃー、何これ!」

店長夫妻の悲鳴を皮切りに、厨房(ちゅうぼう)が大騒ぎになったのだ。古いオーブンが突然火花を散らして動かなくなったかと思えば、ひびの入った水道管から水が噴き出し、慌(あわ)てて応急処置に使えそうな物を探して備品棚を開けた途端、中に詰まっていた調味料のストックが雪崩(なだれ)を起こして床に散らばり、それはもう惨憺(さんたん)たる有様。

「ど、どうしましょう……」

久美ちゃんは呆然としながらも片づけを始めようとしたが、床が水浸しのままでは片づくものも片づかない。

「とにかく、オーブンと水道管は業者を呼ばなきゃどうにもならないな。こりゃ今日はもう無理だ」

店長判断が下り、私は臨時休業の看板を出しに外へ出た。

幸い、並んでいる客もいなかったのでそのまま暖簾を下ろし、休業の看板を立てて戻ろうとした時、なんとなく背後から視線を感じて振り返った。

店とは道路を挟んだ向こう側の並木道に、スーツの男性が立っていた。傘を差しているので顔がよく見えないが、こちらを見ている様子だ。お客さんかな？　でもまあ休業の看板は出したし、見れば休みだとわかるだろう。

その時はそう軽く考えて店の中へ戻り、業者が来るのを待って片づけを手伝った。なんとか厨房が落ち着きを取り戻し、「ご苦労様、今日は助かったよ」と店長からご褒美のプリンをもらって久美ちゃんと一緒に店を出る頃には、外はすっかり暗くなっていた。雨もまだ止んでいない。通用口から表の並木道の方へ回り、

「今日は大変だったね」

「水道管が破裂するの初めて見ました」

「まあ、古くからやってる店だからね。店長のおじいさんの代かららしいし」

そんな話をしながら歩いていると、道の脇にスーツの男性が立っているのに気がついて、ぎくりとした。

――え、あの人、昼間見かけた人？

同じスーツと傘のような気もするが、昼間は道路越しに見たので確信は持てない。同じ人だとしたら、ずっとここに立っていたのだろうか？

なんとなく怖くて、私は久美ちゃんを急(せ)かして足早に男の脇を通り過ぎた。

その日はまだ、それで済んだのである。

事件は次の日曜日に起きた。

やっぱりたまごロールは買えないまま弁当屋のバイトへ向かい、開店前の店先掃除をしていると、並木道の方からやって来る久美ちゃんがスーツの男に声をかけられているのが見えた。

――あれ、まさかこないだの人？

またぎくりとしたものの、先週の人は傘のせいで顔も見ていないし、共通点がスーツというだけで同一人物と言い切るのは早計かもしれない。実際、ふたりは何やら話をしている様子で、知り合いなら別に問題ないか――と安心した矢先、久美ちゃんがいきなり男の前から駆け出して店の中へ飛び込んできた。

「ど、どうしたの」

面喰らう私に、久美ちゃんは真っ青な顔で震えながら答えた。

「す……すみません、知らない人に変なことを言われて――」

「え、知らない人だったの？　何言われたの」

私が店の外を振り返ると、あの男の姿はもうなかった。

「大丈夫、どこか行ったみたいよ」

落ち着かせるように久美ちゃんの背中をさすっていると、

「ありがとうございます……もう大丈夫です。すみませんでした」

久美ちゃんはまだ蒼い顔のまま仕事の準備を始めた。

今日の運動公園では、高校生のサッカーの試合が行われている。何やらスター選手がいるらしく、観客の入りも上々で、つまり店は大忙しになった。

怒濤の弁当販売を終え、閉店時間を迎えて暖簾と看板を片づけに外へ出た私は、ぎくりと足を竦ませた。

――またいる！

道路向こうの並木道に、スーツの男が立っていた。外は暗くなっていたが、街灯のおかげでその姿ははっきり見えた。

慌てて店の中へ戻ると、久美ちゃんも外にあの男がいるのに気づいて蒼ざめている。

「本当に知らない奴なのね？」

私が確認すると、久美ちゃんは震えながら頷いた。

「まあ、知り合いでもそうでなくても、付き纏いは警察に訴えていいわけで――どうする？　警察に相談してみるなら、一緒に行こうか」

「警察!?　そんな、そこまでしなくても――」

久美ちゃんはぶんぶん首を横に振る。

「大丈夫です。相手にしなければいいだけですから」

「でも、たぶん先週もいたのよ、あの男。雨なのにずっと店の外に立ってたみたいだし、完全にストーカーよ。エスカレートすると怖いし、このままというのも……」

何しろ久美ちゃんは天使なのだ。こんなに可愛い久美ちゃんがモテないわけがないし、一方的な想いを募らせて不届きな行動に出る男がいても不思議ではない。相手にしなければ済むという問題じゃないのでは――。

腕を組んで唸る私に、久美ちゃんは言う。

「本当に大丈夫ですから。別に乱暴なことされそうになったわけじゃないですし、今日は並木道の方をやめて別の道から帰ります。そうすればあの人にも出くわさないだろうし」

そんなうるうるした瞳で訴えられたら、お姉さん弱いのよ。

「――わかった。じゃあ、私は並木道の方を通ってあの男を足止めしておくから、その間に裏の道から帰って。バスに乗っちゃえばもう大丈夫だと思うし」

「そんな、小毬さんにご迷惑を――」

「私は久美ちゃんに何かある方がよっぽどイヤなの。いいから、この作戦で行くわよ」

厨房からこちらの話を聞いていた店長たちも心配そうな顔をしているが、私は久美ちゃんを守るためなら闘えるのだ。

「大丈夫です。防犯ブザー持ってますし、いざとなったら大音量で鳴らすので、そしたら警察呼んでください。いや、何だったら自分で呼びますから」

店長たちにはそう言い置いて、手早く帰り支度をすると、私は敢然とストーカー男のもとへ向かった。

――後から思えば、ここが運命の分かれ道だったわけだけど、この時点の私にそんなことがわかるはずもなかったのだ。

「あの」

並木道に佇むスーツの男に、私は声をかけた。

「――、え？」

ワンテンポ遅れて、少し驚いたような表情で男がこちらを見た。

街灯の下、初めて正面から見たその男は、思いの外端整で、仕立ての良さそうなスーツに銀縁眼鏡、齢の頃は二十代後半……三十には乗っていないといったところか。見るからにホワイトカラーの、外見だけで言えばとてもまともそうな印象を受ける。が、イケメンだろうとなんだろうと久美ちゃんに仇なす輩を私は許さない！

気張って男の顔を睨みつけた私は、

「……!?」

二の句を発する前に不覚にも絶句してしまった。こちらを見つめ返す男の視線に、とてつもない既視感があったからだ。

……この、憐れみに満ちた視線は……眼鏡の奥のうるうるした瞳は……

「え……？　あれ……？　もしかして、若だんな……？　天紋堂の――」

「はい。いつもお世話になっております」

そう言って素直に頷く若だんなに、私は口をぽっかり開けて再び絶句してしまった。

言われてみれば、確かにこの顔は若だんなだ。今まで和服姿しか見たことがなかったから、近くで顔を見るまで気がつかなかった。洋服と眼鏡、という小道具は普段の若だんなと余りにもかけ離れている。

「こんなところで何してるんですか……」

「仕事をしております」

「仕事って――」

生憎、ストーカーを仕事と呼ぶ世界に私は生きていない。だが、問題の不審者が一応は身元のわかる人物だったことで、私の緊張は少しだけ緩(ゆる)んだ。

「あの、先週もここにいましたよね？　日曜日、雨でしたけどずっと」

「……やはり、あなたには私が見えているのですね」

「はい？」

今度は何を言い出したんだこの人は？

思いっきり怪訝顔(けげんがお)をしている私に、「わたくし、こういう者です」と言って若だんなは名刺を差し出した。私はそれを口に出して読んだ。

「――前世管理委員会、異世界転生者問題対策室長、天堂至尽（てんどうしづく）」

肩書のすべてが意味不明だった。

前世？　管理委員会？　異世界？　転生者？　天堂至尽――若だんなってそういう名前だったんだ。周りのみんなが「若だんな」としか呼ばなくて、それで済んでいるから、今の今まで名前を知らなかった。

腑（ふ）に落ちたのは、若だんなにも名前があったんだということだけで、それ以外はまったく理解不能である。

「なんですか……これ？　あなた、天紋堂の若だんなじゃないんですか？」

「表向きはそうなのですが、本職は前世管理委員会の者です」

「だからその前世管理委員会って……？　お役所の人？　若だんなって公務員だったんですか？」

「いえ、公僕というわけではないのですが――説明が難しくて困りますね」

若だんなは小さく首を傾（かし）げて苦笑したが、困っているのはこっちの方だ。肩書を構成する単語のすべてが胡散臭（うさんくさ）過ぎて、どこから突っ込んでいいのかわからない。何よ、前世管理委員会異世界転生者問題対策室って。

「要はですね――最近、異世界からの転生者が多過ぎるのです」

その言葉で、私の不審者反応センサーがMAXレベルに達した。知ってる顔だからと油断した私が馬鹿だった。

——こいつ、ファンタジーごっこが行き過ぎた超ヤバイ奴じゃないか！

こういう時は、三十六計逃げるに如かず！

すかさず踵を返して逃げ出しかけたものの、脳裏に久美ちゃんの顔が浮かんで、思い止まった。よくわからないけど狙いは久美ちゃんみたいだし、ここで私が逃げたら、こいつはそのまま久美ちゃんを追いかけるかもしれない。彼女が無事家に帰るまで、この超一級不審者をなんとか足止めしておかなければ。

私は大きく息を吸い込み、一世一代の営業スマイルを浮かべて若だんなを見た。

「そうなんですかぁ～、それは大変ですねぇ～。無知で申し訳ないんですがぁ～、私にはよくわからないお話なんでぇ～、詳しく教えていただけますかぁ～？　どこか座れるところでぇ～」

白々しいまでの猫撫で声で若だんなの腕を引き、並木道を歩いて駅の方へ誘導する。

途中、《かどや》の店長にはスマホからメッセージを送った。

〈声をかけてみたら、私の知り合いでした。ご心配おかけしました〉

私が怪しい男と店の前でずっと立ち話をしていたら店長たちも気になるだろうし、とりあえずはそう言っておくことにした。かといって、こんな不審者と人目のない場所へ行くのは危険過ぎる。そこで目指すは駅前のカフェだ。

駅前なら人通りも多いし、防犯カメラもあちこちにある。何かあった時のために、目撃者や証拠映像を残しておかなければ……！

4

駅の真ん前にあるカフェは、外にも席がある。当然のようにそちらの席へ若だんなを誘い、改めて向かい合って座ると、やはり憐(あわ)れみの視線がビシビシと突き刺さる。

「——あの、その目は何なんですか？」

本当はまず久美(くみ)ちゃんに付き纏(まと)う理由を訊(き)くつもりだったのに、つい口を衝(つ)いて出たのは積もり積もった疑問の方だった。『バイト先の坊ちゃん』というより『不審者』としてのインパクトが強過ぎて、遠慮する気がなくなったとも言える。

「え？　目？」

きょとんとした顔をする若だんなに、まさか、と思う。

「もしかして、自覚してないんですか？　いつも、世界で一番かわいそうな人を見るみたいな目で私を見てますよね？」

「え、そうでしたか？　つい……これは大変失礼いたしました」

　若だんなは丁寧に頭を下げた。

「つい、って……否定はしないんですね」

　この言い回しだと、露にするつもりはなかったけれど、私に同情していること自体は事実だ――ということだろう。

「私の何がそんなに同情を誘うのかわかりませんが、とりあえずその話はまたあとで伺うとして、あなたが久美ちゃんに付き纏う理由を教えていただいてもいいでしょうか」

　私が話を本筋に戻すと、若だんなはあっさり答えた。

「ええ、どちらも繋がっている話ですので、まとめてご説明いたします」

「私に同情することと久美ちゃんに何の関係が？」

　さっきから、この人の言っていることが何もわからない。言葉は通じているのに話が通じない不気味さを感じながら、ひとまず説明とやらを聞かせてもらうことにした。これは久美ちゃんが帰宅するまでの時間稼ぎでもあるのだから、どんなにアホなファンタジー妄想でもおとなしく聞いてやろうじゃないか。

「先ほども申し上げました通り、私は前世管理委員会の者です」

「はあ、それはどういった組織で？」

「その名の通り、前世を管理する仕事をしております。これが古くから続く天堂の家の家業でして、天堂の者は人の前世を見、因縁を解す役目を担っております」

「前世の因縁」

「たとえば、この人と一緒にいるといつもトラブルが起きるとか、逆にこの人といるといつも幸運が舞い込んでくるとか、そういった関係にある人間同士は、前世の因縁で結ばれていると言えます。幸運の巡り合わせはいいのですが、トラブル続きの悪縁は影響が周囲にも広がりかねませんので、我々前世管理委員会の者が介入させていただき、因縁の糸を解しております」

「じゃあ、私の不運体質も前世の因縁ってことですか？　それで同情していると？」

「いいえ、あなたの場合はいささか事情が複雑で」

「というと？」

「問題は、異世界からやって来る転生者なのです」

若だんなはそう言って深いため息を吐いた。こっちだってため息を吐きたい。異世界だと？　いい齢をした大人が、真顔で言うことか。こっちはどんな顔でいるのが正解なんだ。

今すぐ帰りたい気持ちを必死に抑え、私は無邪気を装って相槌を打った。

「へぇ～、異世界なんて本当にあるんですね」

「私は行ったことがありませんが、ここことは違う世界が無数に存在するようですね。そしてそういった異世界の中には、魔法や機械装置で異世界に転生が出来るという仕組みの世界もあるそうなのです」

「その異世界転生者が、この世界にも来ていると？」

「呑み込みが早くていらして助かります」

いや、今の話の流れだったらそうとしか受け取れないだろう。

「昔は、ほとんど見かけない話だったそうなのですが、ここ近年、異世界からの転生者が急増しまして、我々前世管理委員会の仕事も激増した次第で」

「異世界人の前世は管理が難しいということ？」

「難しいという以前に、そもそも管理が出来ません。我々の住むこの世界は、この世界だけで循環し、完結しています。人間も動物も、場合によっては器物であっても、器と魂の数はぴったり同じ。すべてのものの魂がこの世界の内だけで無駄なく巡り巡っているのです。そこに異世界から予定外の魂が飛び込んできたら――どうなると思います？」

「身体という席がないのに、魂だけ異世界からやって来ちゃうということ？　じゃあ、異世界転生者って幽霊状態でその辺をうろついてるんですか」

「いっそ、そうであれば楽だったかもしれません」

　若だんながまた深いため息を吐いた。

「違うんですか？　じゃあ異世界転生者はどこに？」

　アホな妄想だとは思いつつも、どこまで設定が創り込まれているのかがだんだん気になってきて、つい真面目に訊き返した時だった。鞄の中でスマホが震えた。久美ちゃんからメッセージが来ていた。

〈小毬さん、今どこにいますか？〉

　若だんなに「ちょっと失礼します」と断って私は返事を打ち込んだ。

〈私は平気。もう家に着いたの？〉

〈まだあの人と一緒にいますか？　場所を教えてください〉

〈来る気？　危ないから駄目！〉

　そう返すと、今度は久美ちゃんから電話がかかってきた。仕方なく出ると、切羽詰まったような久美ちゃんの声が聞こえた。

『すみません、小毬さん。わたし、嘘を吐きました。その人、知らない人だけど、わたしと関係がないわけじゃないと思います。わたしに大事な用があるんだと思います』

「え、どういうこと？　ストーカーじゃないの？」

『わたしが向き合わなきゃならない問題なんです。逃げちゃ駄目なんです。小毬さんに押しつけてもしょうがないんです。だから、今いる場所を教えてください――』

私はスマホを耳に当てたまま、天を仰いでしまった。

若だんな同様、久美ちゃんの言っていることも訳がわからない。でもマイナス×マイナスはプラスになるし、訳がわからない話を掛け合わせたら、訳がわかるようになったりするのだろうか？

最早やけっぱちで、私は現在地を久美ちゃんに教えた。

久美ちゃんはすぐにやって来た。元から家には向かわず、駅の近くにいたらしい。

「――やっと、私の話を聞く気になっていただけましたか？」

若だんなは至って穏やかな口調で久美ちゃんに声をかけ、久美ちゃんはそれに頷いてから私の隣に座った。そして久美ちゃんは縋りつくような目で若だんなに訊ねた。

「この世界では、異世界転生者は罪になるんですか？」

「えっ？」

若だんなが答える前に、私の方が派手な反応をしてしまった。

「久美ちゃん、何言ってるの？　いきなり、異世界がどうのって……」

若だんなのことを、知らない人だけど無関係じゃない、みたいに言ってたけど――もしかして、ファンタジー趣味のサークルか何かがあって、ふたりはその関係の繋がり？　異世界転生者ごっこのイベント中？　部外者の私が口出しするだけ野暮(やぼ)だった？

なんとかこの状況を自分の常識内で処理しようと必死な私を嘲笑(あざわら)うかの如(ごと)く、久美ちゃんが衝撃の告白をした。

「小毬さん、ごめんなさい。わたし、この世界の人間じゃないんです」

「え……そういう設定の遊び……じゃなくて？」

やめてやめて、若だんなの与太話ならともかく、久美ちゃんの話なら私信じちゃうから。信じざるを得ない身体になってるから！　だからあんまりアレな話はやめて……！

心の中で祈りながら、無性(むしょう)に左手の甲が痒(かゆ)くなった。これ、アレルギーというよりストレスのせいなんじゃないだろうか。

テーブルの陰でこっそり手を掻きむしる私に、久美ちゃんは頭(かぶり)を振りながら言った。

「遊びで異世界転生なんか出来ません。わたしは違う世界で生まれ変わるために、生命(いのち)を差し出したんです」

「生命(いのち)」

それはまあ、転生するにはまず死ななければ生まれ変われないだろうけれど。

「すみません、先にわたしの話を聞いてもらえますか」

久美ちゃんは若だんなにそう断って、語り始めた。

「――わたしの前世は、奴隷でした」

硬い表情で、細い声を絞り出すように久美ちゃんは言う。

「前世のわたしが生まれた世界では、生まれつき、支配者階級と隷属者階級が決まっていたんです。奴隷に生まれたら一生奴隷。その子供も奴隷。わたしの家族は全員奴隷で、支配者階級のお屋敷に仕えていました。

生まれた時からわたしは奴隷で、支配者階級の命令には絶対服従で、それはもうそういうものだと思って、それが当たり前だと思って生きていました。

そんなある日――わたしが十五になった頃です。町に異世界からの転生者を名乗る人間が現れて、奴隷解放運動というものを始めました。本来、人に上下などなく、権利は平等であって、人が人を奴隷として使うことは許されない。この国は間違っている――と言うんです」

「……うん、それはもっともだと思うけど」

私は久美ちゃんの身の上話（？）に困惑しつつも頷いた。

「思ってもみなかったことを言われて、わたしはただ戸惑うばかりでしたが、その運動に参加する奴隷もいました。けれどその運動はすぐに鎮圧されて、騒ぎを起こした異世界転生者は転生連に引き渡されました」

「てんせいれん？」

　私の問いに、若だんなが答えた。

「異世界間転生連合——略して転生連です」

　それは何ぞや。

「異世界間転生による世界間の安全と平和を目的として設立された機関で、要するに異世界転生関係の総元締め組織ですね」

　なかなかごつい設定になってきたぞ……と苦笑しながら、手の甲の痒みが治まらない。

久美ちゃんは若だんなの説明に頷いてから続けた。

「異世界からの転生者が問題を起こすと、転生連が乗り出してきて強制退去になるのだと聞きました」

「奴隷解放運動ってそんなにいけないことなの？　国の偉い人が、自分たちに都合が悪い運動だから転生連に訴えたってこと？」

「……たぶん、小毬さんがあの世界に来たら、あの転生者と同じようにわたしたちに同情して、奴隷を解放しようとしてくれたでしょうね」

久美ちゃんは寂しげに笑った。

「あの騒ぎでわたしが知ったのは、世界のシステムは誰にもどうにも出来ない、ということでした。支配者と隷属者の区別は、人ではなく世界が定めたルールなんです。あの世界は、そういう世界なんです」

なんだか難しいことを言われて、私は首を傾げた。

「……つまり？　ご主人様と奴隷がいるのは、それぞれの国の偉い人が決めたわけじゃなくて、世界規模のルールだってこと？　世界中の国が示し合わせて、そういう身分制度になってるの？」

「違います。……この世界の人には理解が難しいですよね」

久美ちゃんは苦笑して頭を振った。

「人間が人間同士で決めたルールじゃなくて、世界がそのように成立しているんです」

「？？？」

「——たとえば、この世界に異世界人がやって来て、雨の日に『空から水が降るなんて非常識だ！』と言われても困るでしょう？　『雄と雌がいなければ生殖出来ないなんておかしい、この世界の人間は間違っている！』と言い張られて、人間から生物学的な性別を無くす運動を起こされたらどうします？　もう性自認とかそういう話でもないです。性別があること自体がおかしいと言い出されても、そんなの、どうにも出来ないでしょう?」

「……まあ、別の惑星だったらまた別の気候や生殖方法もあったりするだろうけど、少なくとも地球でそんなこと言われても困るわね」

「そうなんです。よその世界から来た人間によその世界の常識を押しつけられても、ただそこに生まれて生きているだけの人間に世界の法則は変えられない。だから余計な騒ぎを起こす異分子は転生連に頼んで摘み出す——結局そういうことになるみたいなんです」

「……」

　なんとなく、久美ちゃんの言っていることがわかってきたような気もする。支配者と奴隷がいるのは、人が決めた制度じゃなくて、文字通り『そのように生まれつく』というシンプルな理解でいいのか。

「でも、それをこの世界で言っても、宗教や人種差別とかの問題にされるだけだよね」

「……そう思います。でもあの世界は、そういうことじゃないんです。信仰とか人の差別意識で奴隷がいるわけじゃないんです。世界自体がそのように生み出されているのだから仕方がない、としか……」

　久美ちゃんはもどかしそうに眉根を寄せる。

「ただ、この事件があってから、わたしは異世界に興味を持つようになりました。自分の住む世界の外にはたくさんの異世界があること、よその世界はこんなシステムになっていないこと、世の中には異世界転生魔法というものがあること——そういうことを知って、だったら自分も異世界に生まれ変わってみたいと思うようになりました。奴隷じゃない人生を送ってみたかった」

「それでこの世界に転生してきたの？　異世界転生魔法で？」

いつの間にか、久美ちゃんの話に引き込まれていた。前世で生まれた世界を語る表情に嘘は見えないし、この間、若だんなの私に向ける視線が奴隷を憐れむみたいだと喩え話をした時、久美ちゃんの表情が急に曇ったのを思い出した。奴隷、という言葉は久美ちゃんに対してNGワードだったのだ。

「ただの奴隷に、魔法なんて縁はありません。魔法は支配者階級だけの愉しみですから。でも、数年後、チャンスが巡ってきたんです」

「魔法使いに恩でも売ったの？」

「主の令嬢が、罪を犯したんです。脱税で逮捕されるところを、代わりに奴隷を五人処刑することで免罪が決まりました」

「は!?」

私は耳を疑った。

「え、どういうこと？　脱税で？　代わりに処刑？　五人も？」

「そういう世界なんです。あの世界では、奴隷はただの消耗品です。主が罪を犯せば、代わりに死ぬのも奴隷の仕事です」

「そ、それは……奴隷解放運動を起こした異世界人の気持ち、わかるというか……」

でも、その世界にとってそれは余計なお世話なのか。遣り切れない……。

なんとも切ない気持ちになる私とは裏腹に、久美ちゃんは不思議に明るい顔をしていた。

「奴隷は、主のために生命を差し出す時、ひとつだけ願い事を言えるんです。みんなそれぞれに望みを言いましたが、わたしは異世界に転生させて欲しいと頼みました。そして殺されました」

「えっ」

展開が早い！　自分の死をそんなにあっさり語る人いる!?

「久美ちゃん、その時何歳だったの？」

「二十歳になる前くらいでした」

「まだ若いのに……！」

「そんな顔しないでください。あの世界で長く生きるより、早く違う世界で生まれ変わりたかったんです。わたし、死ぬのは怖くありませんでした」

「そ、そうなんだ……」

どういう顔をしていいのかわからず、私はひたすら左手の甲を掻いた。

「気がつくと、知らない場所にいました。わたしは『相原久美』という名前の、死ぬ前の自分と同じ年頃の娘になっていました」

「えっ、生まれ変わるって赤ちゃんからじゃないの？」

「わたしもそう思っていたんですが、死んだ次の瞬間、この姿になっていました。まあ異世界転生なんて初めてなので、こういうものなのかととりあえず納得して、わたしは『相原久美』として生活を始めました」

「はぁ……なんだかちょっと理解が追いつかないんだけど、じゃあ久美ちゃんが『相原久美』になったのはいつなの？」

「一年くらい前です。異世界転生魔法ってすごいですね。何も知らない異世界に生まれ変わったのに、言葉はわかるし、日常生活の常識も身体が覚えていて、特に不自由はありませんでした」

「それってどういうことなんだろう……？　本当は赤ちゃん状態で生まれ変わって、この世界の人間として育って、一年前唐突に前世の記憶が蘇った——とかじゃなくて？」

「そう……なのかもしれません。ただ、今のわたしは『相原久美』の過去はよくわからなくて、自分の前世だけ、はっきり覚えてるんです」

「うーん、不思議議……」

そもそも、異世界転生という現象自体が私には理解し難いわけで、考えてもよくわからない。若だんなはといえば、転生連の説明をして以降はずっと黙って久美ちゃんの話を聞いている。私のように相槌を打ったり口を挟む気はないようだ。

「わたし、『相原久美』になれて幸せなんです！」

久美ちゃんは頬を薔薇色に染めて言った。うーん、可愛い。天使。

「久美って、久しく美しいという意味ですよね。こんな名前をもらえて幸せです。前世では名前がなかったから」

「え、名前がなかったの？」

「奴隷は番号で呼ばれますから」

「……」

「自分が大学に入学したばかりだとわかった時も、すごく嬉しかったです。学校に通えるなんて、勉強をさせてもらえるなんて、夢みたいで。街を歩くだけでも幸せでした。この世界には、鞭を持って奴隷を監視する人間はいないし、わたしも顔を上げて歩いていいんだ――って」

「顔？」

「奴隷は顔を上げてはいけないんです。いつも頭を下げて歩かないと鞭で打たれます。でもこの世界では、わたしも空を見上げていいんです。明るい道を歩いていいんです。人に自分から話しかけてもいいんです。靴を履いてもいいんです。自分の家があって、部屋があって、一日に三度も食事が出来るんです。特別な日じゃなくても入浴出来るんです」

久美ちゃんは本当に嬉しそうな早口で言うけれど、私はひどく重い気持ちになった。つまり裏を返せば、前世で奴隷だった久美ちゃんは、いつも顔を伏せて、いつも裸足で、いつも日陰しか歩けなくて、人に話しかけることも許されなくて、食事も入浴も満足に出来ない境遇だった――ということだ。挙句、主が罪を逃れるために身代わりで処刑された。

久美ちゃんが、空に浮かぶ雲を眺めるだけで時間を忘れてしまうのも、並木道の木漏れ陽を全身で喜ぶのも、ただの不思議ちゃんではなかったのだ。太陽の下を歩くのはおろか、木漏れ陽すらも浴びることを許されない奴隷だった久美ちゃんにしてみれば、この世界はまさに天国なのだろう。

「テレビやネットの動画は面白いし、友達のコイバナを聞くのもとても楽しかった。有頂天で『相原久美』として女子大生生活を満喫して、一年が経って、周りのみんなもやってるアルバイトというものをしてみたくなったんです。働いたらお金がもらえるなんて、すごいですよね。わたし、前世ではお金なんて触ったこともありませんでした」

　つまり、奴隷に賃金は発生しなかった、と。聞けば聞くほど哀しい過去なのに、現在を語る久美ちゃんがとても嬉しそうで、その表情がさらに私の胸を締めつける。

「初めてのバイトでしたけど、小毬さんみたいにいい先輩がいて、店長さんたちも優しくて、わたし、この世界に転生してからずっと幸せなんです」

「もう……っ、そんなこと言われたら泣いちゃうでしょー！」

　思わず久美ちゃんを抱きしめる私の前で、若だんながおもむろに口を開いた。

「それでは、身の上話が現在まで辿り着いたところで——次は私の用件をお話ししてもよろしいでしょうか」

　私の腕の中で、久美ちゃんが身体を固くしたのがわかった。久美ちゃんは若だんなに向き直り、小さな声で返事をした。

「……はい」

　若だんなは私の方をちらりと見てから言う。

「これは、先ほど小毬さんにも説明しかけていたことなのですが」

　おい。私とあなた、いつから下の名前で呼ぶほど親しくなりました？　——と言ってやりたくなったが、話の腰を折っている場面でもなさそうなので、空気を読んで黙ることにした。

「私はこの世界で、異世界転生者問題の対応を任されている者です」

「……はい。転生連の方なんですよね……」

久美ちゃんは俯いて、泣き出しそうになっている。

「わたし、特に悪いことはしていないつもりですけど……転生連の人が来るなんて、知らずに何か罪になることをしてしまったんでしょうか……」

なるほど――。初め、久美ちゃんが若だんなから逃げ出した理由がわかった。自分の正体を知っている人が、自分を捕まえに来たと思ったのか。

でも私は久美ちゃんの味方だ。久美ちゃんは本当に何も悪いことはしていない。

私が久美ちゃんを庇うように若だんなを睨むと、若だんなはゆっくり頭を振った。

「私は転生連の者ではありません。そもそも、この世界は転生連に加盟しておりません」

「え……それって、ここでは転生連の目が光ってないから、異世界人が何をやっても大丈夫ってことですか?」

私のポジティブな理解に、若だんなはまた首を横に振る。

「この世界が転生連に非加盟の理由を、先ほどあなたに説明しかけていました。この世界は、異世界からの転生者を受け入れるシステムになっていないのだと」

「あ、そういえば……そんなこと言ってましたっけ。この世界はこの世界の中だけで循環して完結してる……でしたっけ？」

久美ちゃんが来る前は、若だんなの話をそこまで本気で聞いてはいなかったので、言われて思い出した。

「そうです。異世界間の転生は、原則的に転生連加盟世界同士で行われるもので、そういった世界は、異世界からイレギュラーの存在がやって来ても許容するシステムになっているようですね。ですが、この世界は違うのです」

「でも、久美ちゃんは異世界から転生して来て、ここにいる……のよね？」

私は久美ちゃんと若だんなの顔を何度も見比べる。久美ちゃんも不思議そうな顔をしている。

「わたし、確かに異世界から転生してきました。前世の記憶は本当です」

「ええ。そういった事象が多発しているので困っております。簡単に言えば、事故です」

「『事故』」

私と久美ちゃんの声が被（かぶ）った。

「あなたは本来、転生連に加盟しているどこか別の世界へ転生するはずだったのです。それが、どういった理由か異世界転生魔法の事故が起きて、転生連非加盟の世界に迷い込んでしまった」

「……わたし、ここに転生するはずじゃなかったんですか?」

若だんなは頷く。

「世界にはそれぞれ、システムがある。それはどうにもならない理であることを、外ならぬあなた自身がよく説明してくださったので、おわかりいただけるかと思いますが――この世界のシステムは、世界の外からやって来た魂を受け入れるようにはなっていません。それなのに迷い込んできてしまった魂は、すでに中身のある《器》に入り込むしかありません」

「え……」

久美ちゃんは蒼ざめて震え始める。

「……この身体には、本当の持ち主がいる、ということですか……? わたしがこの世界に来たのはやっぱり一年前で、本当の『相原久美』の中に割り込んで、身体と身分を奪って生きている、ということですか……!?」

「ご理解が早くて助かります。さらに申し上げれば、あなたが奪っているのはそれだけではないのです」

「どういう……意味ですか」

「この世界は、この世界に生まれたものだけにすべてを分配するように出来ています。世界の外から来たものに与える余り物はありません。あなたが吸っている空気も、あなたが着ている服も、本来あなたの物ではないのです。誰かの分の空気をあなたが奪い、誰かが買うはずだった服をあなたが奪い、誰かがするはずだった弁当屋のアルバイトをあなたが奪ったのです」

「そんな……!?」

久美ちゃんが瞳を瞠る。私はその隣で手を挙げた。

「ちょっと待って、よくわからないんですけど！　中身は異世界人でも、身体は『相原久美』というこの世界の人間なんですよね？　その『相原久美』としての行動なら、この世界で息をしようがバイトしようが問題ないんじゃ？」

「残念ながら、そこに問題が生じてしまうのが、この世界のシステムなのです。異世界人が転生してきても、この世界の中の《器》の数は変わりません。転生者の魂は誰かの中に強引に入り込むからです。――《器》と魂の数が合わない。このあり得ない状態が世界のシステムに不具合を起こさせるのです」

「不具合、って？」

「その不具合による被害を最も受けているのはあなたですよ、小毬さん」

若だんなからの視線を真っすぐに受けて、私は面喰らった。

「私？　被害……って？」

「この転生事故が多発するようになったのは、十数年前からです。異世界転生者は、まさか自分が事故で間違った場所へやって来たとは思いもせず、新天地での生活を楽しみます。けれど彼らのために用意された物はこの世界にひとつもありません。彼らのひとりが本を買った——代わりにこの世界の誰かがその本を買えず仕舞いになります。彼らのひとりが恋をして結婚した——代わりに本来その相手と結婚するはずだった誰かの恋は破れます」

「……」

「空気であれば、まあ量に余裕があると言えますが、それ以外の物については、明確に異世界転生者が誰かの権利を奪って生きています。異世界転生者が大学受験をして受かった——そのせいで、この世界の住人の誰かが不合格になります。転生者が就職試験を受けて採用された——その代わり、この世界の誰かが不採用となります」

　久美ちゃんの隣で、私も震え始めていた。

「何を……言いたいんですか？」

「世界のシステムに不具合が生じると、連鎖して不思議なことが起こるものです。現在、なぜか異世界転生者による被害の多くをひとりで引き受けてくださっている方がいます。

その方は、予定外に転校してきた異世界転生者に権利を奪われて学校の遠足に行けず、同じ学校を受けた異世界転生者に権利を奪われて受験に失敗し、欲しい物のほとんどを異世界転生者に横取りされて、諦め(あきら)と妥協(だきょう)の境地にいらっしゃる――」

「それ、私のこと!?」

　私は思わず立ち上がり、テーブル越しの若だんなに詰め寄った。

「嘘でしょう!?　子供の頃からの私の不運が、異世界転生者のせいだったというんですか!?　就活でお祈りメールしか来なかったのも、商店街の福引がいつも外れるのも、最近たまごロールが全然買えないのも、すべて異世界転生者のせいだってことですか!?」

「――、それの原因も、きっとそうですね」

　若だんなの視線が、私の左手の甲に向いていた。搔きむしり過ぎてすっかり赤くなっている手を押さえて、私はきょとんとした。

「異世界転生者アレルギーでしょう。弁当屋のバイト中、特に痒くなったりしませんでしたか？」

「……ゴム手袋のせいだと思ってたけど……。それに、身体のどこかが痒いのは昔からずっとで――……え、昔からずっと、私の周りに異世界転生者がいた、ってこと……？」

　若だんながため息を吐いた。

「なぜか、この地域一帯にばかり異世界転生者が迷い込んで来るのです。目には見えませんが、どこかに外の世界と通じる穴でも開いているのでしょうか……」

テラス席から夜空を見上げる若だんなの真似をして、私も空を見たけれど、特に穴など見つからなかった。視線を下に戻すと、久美ちゃんが目に涙を溜めていた。

「ごめんなさい……！　わたしのせいで小毬さんの手がずっと痒かったなんて……あの傘も、本当は小毬さんが買うはずだったのをわたしが横から奪っちゃったんだ……」

「や、久美ちゃん、そんなこと気にしないで！　久美ちゃんに奪われたなんて思ってないから！」

泣き出す久美ちゃんを私は必死に慰めたけれど、久美ちゃんの涙は止まらない。

「でも、わたしのせいで何かを奪われた人がたくさんいるということですよね。大学は……わたしが転生する前に受かっていたからよかったけど……わたしが受講したせいで代わりに講義を受けられなかった人がいたってことですよね、わたしがコンビニで買ったおにぎりは、本当は別の誰かが食べたかったものなんですよね……？」

「そんなこと！　久美ちゃんは真面目に大学に通って、バイトして、何も悪いことしてないから。初めてのバイト代でお父さんとお母さんにプレゼント買うんでしょ？　そんないい子が来てくれて、この世界は損してないから！」

けれど私の必死のフォローに若だんなが水を差す。

「残念ながら——事は小毬さんひとりが納得して我慢すれば済むという事態を超えているのです。最近、久美さんの家や弁当屋で物が壊れたりしませんでしたか？」

「……え？」

ぎくりとした。この間、厨房(ちゅうぼう)のオーブンが壊れたり水道管が破裂したことを思い出す。久美ちゃんの表情からしても、家で何か壊れたのかもしれない。

「それが何か、久美ちゃんと関係が？」

「ひとつの身体に、ふたつの魂が詰め込まれているのです。この一年、異世界からやって来た久美さんが主導権を握っている間、本来の久美さんの魂は抑圧されています。その限界は近いでしょう」

「限界？」

「異世界転生者に抑え込まれた魂は、抑圧が進むと暴走を始めます。本当の自分はここにいる、とアピールし始めるのです。一番多いのが、周囲の物を動かしたり破壊を起こす、いわゆるポルターガイスト現象的なものですが……」

さっきまで泣きじゃくって赤くなっていた久美ちゃんの顔が、真っ青になっている。

「心当たり……あるの？」

「……最近、家の中で変なことが多くて……家電がよく壊れるし、学校でも机の上の物が宙に浮いてるのを見たりして……疲れてるのかな、と思ったんですけど……」

「それは――これ以上エスカレートすると、もっと大事になりますね。過去の例を申し上げるなら、魂の暴走が電車の事故や建物の爆発を引き起こしたこともありました」

「そんな……！　わたし、どうしたらいいんですか!?」

「出て行っていただくしかありません」

若だんなは無表情に答えた。

「出て行くって……この身体から？　それともこの世界から、ですか……？」

「両方です」

「どうやって……!?　久美ちゃんには何の悪意もないし、前世は酷い境遇で、それなのにひねくれもせずこんなにいい子なのに、無理矢理魂を引っこ抜いて追い出すとでもいうんですか！」

若だんなに噛みつく私を、久美ちゃんが止めた。

「小毬さん……いいんです。庇ってくれてありがとうございます。でもわたし、出て行きます。この世界に迷惑をかけるだけだとわかっていて、居座ることなんて出来ません」

「久美ちゃん！」

若だんなの話を聞いて赤くなったり青くなったりしていた久美ちゃんは、今はもうすっかり落ち着いた表情になっていた。若だんなに向かって静かに訊ねる。

「わたしはどうすればいいんですか？　わたしはこれからどうなるんですか」

「恐れ入ります。この世界には異世界転生魔法や装置といったものはありませんので、転生連に迷子の連絡をして、あなたの魂を引き取っていただく形になります。経験豊富な専門家が来ますので、魂を抜くのは一瞬で済みますよ。痛みもないはずです」

「わたし、ただの迷子……という扱いでいいんですか」

「ええ。あなたはこの世界で特に罪は犯していらっしゃらないので、転生連の保護下に入ったあとは、改めて別の世界へ転生することになると思いますよ」

「そう、なんですか」

久美ちゃんは少しほっとしたような顔をした。私もほっとした。久美ちゃんが犯罪者扱いで引っ立てられるようなことがあったら、暴れてやろうかと思った。

でも、この天使のような久美ちゃんが抜け出たあとの久美ちゃんは、どういう久美ちゃんになるんだろう。私にとってはこの久美ちゃんが久美ちゃんなのに――。

私は思わずカフェのテーブルに突っ伏した。

「久美ちゃんがいなくなっちゃうなんて寂しいよー……なんとかならないんですか、若だんな～！　裏世界のコネとか非合法な何かとか～」

突っ伏したまま駄々をこねる私の頭を久美ちゃんが撫でてくれた――と思ったら違った。

「泣かないでください」

もっと大きな手――若だんなの手が私の頭に触れた瞬間、目の前が真っ赤になった。

「――!?」

私は反射的に若だんなの手を払い、顔を上げた。

人通りの多い駅前の光景に重ねて、燃え盛る炎が見えた。目を擦(こす)ってもそれは消えなかった。でも燃えているのは駅じゃない。そもそも本物の炎じゃない。紗(しゃ)を通して見るような、幻の炎に包まれているのは、あれは――

「私のアパート……!?」

「魂の暴走が起きます……！」

若だんなが切迫した声で言って立ち上がった。

――え、若だんなにもこれが見えてるの？　というか、若だんなが私に触れた瞬間、見えるようになったんだけど！　若だんなとの遭遇は、ほんとにファンタジーへの誘(いざな)いだったの……!?

そこへ、突然黒塗りの高級車がやって来てカフェの前に横付けた。

「若だんな、早く！」

　中から顔を出して若だんなを呼ぶ運転手は、高校生くらいの男の子に見えた。え、運転免許持ってるのこの子？　なんでこんなにタイミング良く現れたの？　魂の暴走って、どういうこと？　久美ちゃんはもう素直に身体から出てく気になってるのに？

　混乱しながら私は若だんなのスーツの袖を引っ張った。

「あの、若だんなにも見えたんですか？　燃えてるの、私のアパートなんですけど！」

「ええ、ですから一緒に来てください」

　と言われても、久美ちゃんを放っておくわけにはいかない。結局、久美ちゃんも一緒に車に乗って、私のアパートへ向かうことになったのだった。

5

　私の家は、二階建て全六戸の単身者用アパートで、駅からいささか離れたところにある。もちろん初めはもっと駅近の物件を希望したのだが、良さそうなものを見つけたかと思うと先に契約されてしまって、どんどん駅から離れる羽目になった。もしかしてこれも、異世界転生者に物件を横取りされていたのだろうか？　そして今度は異世界転生者のせいでアパートが火事になるとでも？

私の人生、不運を数え出したらきりがない。けれどそれを、誰かのせいだと思ったことはなかったのに。何かある度、他人のせいだと考えるのは私の性に合っていない。

自分の部屋が燃えているかもしれない不安と、これまで生きてきた世界が引っ繰り返ってしまったような感覚とを綯い交ぜに、私は無言だった。若だんなも久美ちゃんも口を開かないまま、車は滑るように夜の街を走り、やがてアパートが見えてきた。

「あれ、燃えてない……？」

消防車も走っていなければ、野次馬も集まっていない。さっき見えた炎はもう見えなくなっていた。若だんなが言う。

「先ほどのあれは、言わば予知のようなものです。これから起こる可能性が高い光景、ということです」

「これからアパートが火事になるってことですか!?　なんで!?」

窓の外を見ながら若だんなが答える。

「――事情を教えてくれそうな人がいました」

「え？」

若だんなの視線を辿ると、アパートの前に誰かが立っていた。白い髪の――お年寄り？

　向こうもこちらに気づき、手を振ってくる。車を降りて近づくと、短い髪を白く染めているだけの若い男性だとわかった。大柄な体型で、黒いスタジャンにダメージジーンズ、耳はピアスだらけ、鎖だかネックレスだかわからないじゃらじゃらをたくさんぶら下げて、いささか怖い雰囲気である。

「おう、若。早かったな。両手に花で豪勢じゃねーか」

……若だんなは平和な語感なのに、縮めて若だけになると一気に不穏が漂うのはなぜだろう。ともかく、こんな堅気（かたぎ）じゃなさそうな男から「若」と呼ばれる人と一緒にいると、私まであらぬ組織の構成員みたいに見えちゃうからやめて欲しいんですけど。

　警戒態勢に入る私に、久美ちゃんも不安げに身を寄せてくる。うん、久美ちゃんは私が守るから！

「ああ、そんなに警戒なさらないでください。こちら、転生連（てんせいれん）の方で、秋雨（あきさめ）さんです」

「えっ」

　若だんなの紹介に、私と久美ちゃんは揃（そろ）って目を丸くしてしまった。

「ん？　――ああ、そっちの嬢ちゃんは転生者か」

　秋雨というらしい男は、久美ちゃんに目を遣（や）って頷（うなず）いた。

「安心しな。自分から出頭する良い子には痛くしねーよ。優しく連れて帰ってやるからさ」

「……この人、さっき言ってた、魂を引き抜く専門家ですか？」

私が若だんなにこっそり訊ねると、秋雨さんの方が答えた。

「正確には、転生連の付属機関、異世界間刑事警察機構の捜査官だ。迷子の世話もすることになってる」

「刑事なんですか!?」

こんなに柄悪そうなのに!?　ていうか、どこの国の人なんだろう？　よく見れば瞳の色はグレイだし、顔立ちも日本人離れしている。秋雨、って本名？

私の怪訝な眼差しを受けた秋雨さんは、見下ろすように私を見つめ返し、

「あんたは――ああ、そうか。例の……」

とつぶやいて、若だんなと何やら目交ぜをした。ちょっと。その意味深な態度は何。

私が問い詰めようとしたのを遮り、秋雨さんがアパートを見上げて言った。

「それより、前科六犯の魔女をやっと追い詰めたんだ。先にこっちのヤマを片づけてから、一緒にその嬢ちゃんを連れて帰るよ」

「魔女!?　前科六犯って――」

「このアパートの二階に住んでる。さっき帰ってきたのを見届けた」

「えぇっ？」

「行く先々で悪さをしては異世界へ転生を繰り返す、性質（たち）の悪い魔女だ。長年指名手配されてたんだが、やっと居所を掴んだ。三年ほど前からこの世界に潜伏してたみたいだな」

「えぇ～……うそ、うちのアパートにそんな凶悪な異世界人が……!?」

と驚いてはみるものの、住人のほとんどと大した付き合いはない。顔を見たことがない住人すらいるので、久美ちゃんを庇（かば）うようには庇えないのは事実だった。

「若が来るのを待ってたんだ。乗り込むぞ」

「どうぞお手柔らかに」

秋雨さんと若だんなが二階へ続く階段を上って行き、私は慌（あわ）てて追いかけた。

「ちょ、ちょっと、ちなみにどの部屋ですか？」

「あそこだ。二〇二号室」

「えぇっ？　私の部屋の真上ですけど！」

でもどんな人が住んでいるのか全然知らない。前に住んでいた人が引っ越したあと、去年くらいに入居した人だけれど、挨拶（あいさつ）も何もなく、私としても特に上の階へ行く用事もないので、顔を見る機会がないまま現在に到っている。

そんなわけで私は、表札を見て初めて上階の住人が佐藤幸子（さとうさちこ）さんという女性だと知った。

「乗り込むって、どうする気ですか」

　私が若だんなに訊ねると、

「――こうやって、こうするんだよ！」

　秋雨さんが長い脚で玄関ドアを蹴り上げ、内側に吹き飛んだドアを踏みつけて中へ入ってゆく。

「ちょっ……まずはチャイムを鳴らすとか！　なんでいきなり力業(ちからわざ)⁉」

「素直にインターホンに応答するような奴なら苦労しねーんだよ。若、シールド厚めに頼むぞ」

「やれやれ、お手柔らかにとお願いしたのに……」

　若だんなは苦笑しながら、低い声で呪文のようなものをつぶやく。すると周囲の風景が急にぼやけ始め、私は目を擦(こす)った。目の前はよく見える。けれどアパートの外へ目を向けると、濃い霧(きり)に霞(かす)んだように何も見えない。

「何これ⁉」

「結界を二重にしました。最初に張った結界で、ドアを蹴破るくらいの騒ぎならカバー出来たはずですが、これで爆発が起きても大丈夫です」

「結界⁉　爆発⁉」

実際、大きな音を立ててドアが蹴破られたのに、両隣の部屋から人は出て来ない。普通、何事かと思って飛び出してくると思うんだけど。この二〇二号室だけが、周囲から切り離された状態になっているのだろうか。……って、非現実的現象をなんとなく受け入れ始めている自分が非常に不安なんだけど……！

玄関先で私が戸惑っている間に、秋雨さんはとっくに部屋の奥へ押し入っていた。女性と押し問答する声が聞こえてくる。

「何よあんた！　不法侵入で警察呼ぶわよ！」

「俺がその警察だよ。ただしこの世界の警察じゃなくて、転生連の捜査官だがな」

「転生連の捜査官……⁉」

「ああ。もう逃げ場はねーぞ、観念しな」

「なんであたしが捕まらなきゃならないのよ！　悪いのはあいつらでしょ⁉」

若い女性の、キンキンした高い声。なんだかこの声、ものすごく聞き覚えがある。所在なさげに随いてきていた久美ちゃんも、微妙な表情で私を見る。

「放してよ！　放せー！」

部屋の奥から聞こえる女性の金切り声はどんどん激しくなり、

「――いけません。秋雨さんを止めないと」

若だんなは律儀に靴を脱いでから部屋に入ってゆく（そういえば秋雨さんは土足で上がり込んで行った！）。

「え、まさか女の人相手にも力業⁉　いくら前世が悪い魔女だからって――」

私も心配になって若だんなの後に続き、それを久美ちゃんも追いかけてくる。

部屋の奥では、若い女性が秋雨さんに伸し掛かられるような格好で取り押さえられていた。いや、これ、どっちが犯罪者なのかわからない構図なんだけど――と苦笑したのも束の間。

「何よあんたたち！　あんたたちも仲間なの⁉」

辛うじて首だけを動かしてこちらを見た女性が叫んだ。その顔を見て、私は深いため息を吐いてしまった。

――佐藤幸子さんって、この人か。

例の、弁当屋のクレーマー常連客である。まさか私の部屋の上に住んでいたとは！　しかも異世界から転生してきた魔女？　どういう展開⁉

「おとなしくしな！　暴れると余計に痛い思いをするぞ」

「何よ、転生連の捜査官がこんな乱暴な真似していいと思ってるの⁉　異世界間人道法は⁉　人権団体に訴えてやる！」

「生憎だな、ここは転生連非加盟世界だ。ここじゃ異世界転生者に人権なんて贅沢なもんはねーんだよ」

「なんですって！」

「はい、ひとつ注釈を」

若だんながそう言って口を挟んだ。

「人権がないというのは言い過ぎですが、ここが転生連非加盟世界なのは事実です。よって、異世界転生者に安全の保障をお約束出来ない、というのも事実です」

「つまり、おまえはここで何されても文句言えねーんだよ」

もうさっきから、秋雨さんの言動がいちいち悪人なんだけど、大丈夫なのこの人⁉

ハラハラする私の一方で、魔女は抵抗をやめない。

「ふざけないでよ、放せと言ってるでしょ！　あたしは何も悪くないのよ――！」

魔女が力の限り叫んだ声で、部屋の空気が揺れた。――ように感じた。それは気のせいではなかった。足元がぐらぐら揺れ始め、室内の物が浮かび上がって飛び回り始める。

「きゃ……⁉」

私は反射的に久美ちゃんを抱きしめて庇いながら若だんなを見た。

「これって、さっき言ってた魂の暴走ですか……っ？」

「本当の佐藤幸子さんが身体を取り戻そうと、もがいているのです。このままでは――」

「え、まさかガス爆発でも起きて、さっきの火事の幻が現実に!?」

その時、フローリングの床に亀裂が走り、足元が浮いた。

「う、うそ――っ」

逃げる暇もなく床が崩れ、私たちは下の階へ落下した。――つまり、私の部屋へ。

誰も怪我をしなかったのは、若だんなが不思議な術を使ってくれたせいらしかった。私たちはやわらかい膜のようなものに守られながら下の階に軟着陸し、頭上から降ってくる物もなくなったところでその膜は消えた。

「私の力も無尽蔵ではありませんので」

若だんなはそう言って疲れたように自分の肩を叩く。

――この人、何者なの？　魔法使い？　超能力者？

部屋の床が抜けるなんて騒ぎがあったのに、やっぱり他の部屋の住人は何の反応も見せない。結界とやらのせいで、本当に私たちを取り巻く空間だけ外と遮断されているのか。

若だんなに訊きたいことは山ほどあったけれど、状況はそれどころではなかった。

「ちっ、姑息な真似を……！　逃げられねーって言っただろ、魂引っこ抜いてやるから観念しな！」

秋雨さんは依然として押さえつけたままの魔女に拳を振り上げ、若だんなは慌ててそれを止めに入った。

「いけません！　強引な引き抜きは本体を傷つけます。転生者の魂はお好きになさって結構ですが、この世界の人間に危害を加えることは許されていないはずです」

何気に若だんなも大概なことを言っている。この世界の人間さえ守れれば、異世界人はどうなってもいいってこと？

「じゃあどうしろって言うんだよ」

「ここはひとつ、小毬さんに任せましょう」

「……は⁉」

突然お鉢が回って来て、私は面喰らった。

（なんとか彼女を宥めていただけませんか）

若だんなが私の耳元にささやいた。

（女性が相手の方が気も許しやすいでしょうし、このまま抵抗を続けられれば、魂の暴走が激しくなるばかりです）

暗に、このままではアパートが消し炭になると脅されている気もしたけれど、ちょっとこの魔女の言い分を聞いてみたいという気持ちも確かにあった。異世界転生してきた魔女が、どうしてメンタルが心配になるレベルのクレーマー客になったのか、経緯が気になるじゃないか。

私は若だんなに頷き、魔女の方を見た。

「――あの、ちょっと落ち着いて話をしませんか？　秋雨さんもそこちょっと退いてもらって」

「お願いします」

若だんなにも言われ、秋雨さんは不承不承に魔女の上から退いた。かと思うと首にぶら下げていた鎖を乱暴に引き千切り、それで魔女の手足を縛り上げた。

「こうでもしねーと逃げやがるからな」

床に転がされたまま立ち上がることが出来なくなった魔女は、憎々しげに秋雨さんを睨んでから、一転、私に対して憐憫の眼差しを向けた。

「――あんた、かわいそうよね」

「え？」

そういえば前にも、この人からこんな目を向けられたことがあった。若だんなと同じ、同情の視線。

「私がかわいそうって、どういう意味ですか？」

魔女は不思議に口元を綻ばせて答えた。

「だってあんた、親から捨てられたんでしょ？　それ以来、何やってもうまく行かなくて、受験も就職も失敗して、結局フリーターでバイト生活なんでしょ」

「……どうしてそんなこと、知ってるんですか？」

「調べたのよ。下に住んでるのがどんな人間なのか知りたかったから」

「……」

私を下の階の住人として認識していたのに、アパートでも弁当屋でも挨拶のひとつもなかったということ？

「あんた、不幸体質ってことでこの辺では結構有名みたいね。かわいそうで同情するわ」

「いえ、そんなに同情してもらうほど不幸じゃないので大丈夫です」

というか、私の不運は異世界転生者のせいらしいので、当の転生者から同情されても困ってしまう。

「惨めね。そう思い込まないと、やってられないんでしょ。とうとうお金に困って、こんな連中の仕事を手伝うところまで落ちぶれたんだものね」

「や、あの、勝手に私を闇バイトに手を出したかわいそうな人みたいな理解で見るのやめてください」

私は苦笑して頭を振った。そして、これから彼女の抱える事情に踏み込もうとしているのに自分のことを話さないのはフェアじゃないと思い、続けて説明した。

「……言いふらすことでもないんで人にはあんまり言いませんけど、うちの両親、冒険家なんですよ。トレジャーハンターみたいなこともしてるらしくて、世界中飛び回ってるせいで私を育てられなくて、祖父母の家に預けられたんです。祖父母には過保護なくらい可愛がってもらったし、親も何かお宝を見つけて儲けが出ると私の口座にどかっと送金してくるんで、正直、働かなくても食べていけるくらいの貯蓄はあります」

「え……？」

魔女の表情が曇った。

「じゃあなんでバイトしてるの？」

私はため息を吐いた。

「祖父母が、私を心配し過ぎるんですよ。私が不運体質なのは、前世の業じゃないかとか、変な霊が取り憑いてるんじゃないかとか、いろいろ人に吹き込まれて、怪しい新興宗教に入信しかねない勢いで。だから祖父母を安心させるために、ひとり暮らしをして働いて、私は大丈夫だよってアピールしてるんです」

「なるほど、ご実家を出られたのはそういう経緯があったのですか……」

若だんながしみじみと頷く一方で、魔女の表情が歪んだ。

「……お金に困ってない？　実は悠々自適？」

「いや、悠々自適ってことはないですけど」

何せ、運が悪くて諦めと妥協の人生なもので。

「本当は恵まれてるくせに、そうやって謙遜する女、あざとくて大嫌い」

魔女が低い声で言う。さっきまでの同情視線が打って変わって険悪な目つきに変わった。

「じゃああんた、あたしのこと馬鹿にして笑ってたんでしょ。安アパートに住んで、安い弁当しか食べられない女だって」

「そんなこと思ってないですよ！」

私だってその安アパートに住んでる身だし。それに安くて美味しい弁当が《かどや》の売りだし！　強いて言うなら、しょうもないクレームばかり繰り返されて、メンタル大丈夫かなあと心配していただけだ。

「どうせあたしは嫌われ者よ！　何度生まれ変わっても同じ、みんながあたしを嫌うのよ！」

私の返事など聞こえていないかのように魔女は身を捩って嘆く。

「……えっと、何か誤解があったパターンですか？　良かれと思ってしたことが裏目に出たとか？　本当は良い魔女なのに悪者にされちゃったとか？」

なんとか魔女を宥めようとする私に秋雨さんが鋭い声で言った。

「騙されんな！　こいつの前科六犯は伊達じゃねーぞ！　行く先々の世界で片っ端から人を呪って回って、国ひとつ滅ぼしたこともあるんだ」

「えっ」

「それはあたしが悪いんじゃなくて、あたしを除け者にした連中が悪いのよ！　あたしだけ何の集まりにも呼んでくれないし、陰でこそこそあたしの悪口を言って、誰もあたしの家に寄り付かない。憎らしいから呪いをかけてやったのよ！　貌が美しい娘には肌が爛れる呪いを、声が美しい娘には喉が潰れる呪いをね！」

……これ、お城の舞踏会に呼んでもらえなかった魔女が怒ってお姫様に呪いをかけた、みたいなメルヘンパターン？　なんだか久美ちゃんの前世とはまた趣が違う。

「さすがに王女の顔を爛れさせたら城の兵が押し寄せてきて、面倒臭いから異世界転生魔法で別の世界に生まれ変わったの。でもそこでもみんなあたしを除け者にするから、仕返しに呪ってやったわ。その繰り返しで、三年前この世界に来たけど——ここは今までで一番ひどい世界だわ！　魔法が使えないいんだもの！」

「ああ、今回おまえは異世界転生魔法をしくじったんだよ。間違って、転生連に非加盟の世界に来ちまった」

　秋雨さんがしたり顔で言う。

「この世界のシステムは異世界転生者を受け入れない。だから異世界由来の能力は使えない。前世では魔女でも、ここでは何の力も持たない人間だ。もう逃げられねーぞ」

「なんでよ……！　なんであたしばっかりこんなに不幸なの!?」

　魔女は顔を歪ませて叫ぶ。

「別に魔法が使えなくても構わない。でももっとお洒落な名前の人間に生まれ変わりたかった。佐藤幸子って何よ、今時古臭過ぎるでしょ！」

　この世界に転生してからまだ三年の異世界人なのに、「今時」とか言えちゃう感覚があるのか――と驚くものの、久美ちゃんはたった一年でも社会に適応出来ているわけで、それも異世界転生魔法の効果なのだろうか。まあそれはともかく、

「ちょっとそれは、全国の幸子さんに謝ってください！　幸せな子になりますように、ってご両親が付けてくれたいい名前なんですから」

　久美ちゃんならきっと大感激必至の名前なんだから――と思って傍らの久美ちゃんを見れば、案の定、私の言葉に大きく頷いている。この純真さが可愛い。

「生憎、全然幸せになんかなれてないわよ！　顔も地味だし、家は貧乏だし、学校でも会社でも友達はひとりも出来ないし、誰もあたしを遊びに誘ってくれない。なんでよ！　なんでなのよ！」

魔女は頬をぴくぴく痙攣させながら言う。

「あたしより出来の悪い同級生は都会の一流企業に就職したのに、あたしは地元のちんけな会社に潜り込むのがやっとだった。あたしは近所のパン屋でおやつを買うのがせいぜいなのに、ＳＮＳに高級スイーツの写真を載せてる女がいる。なんで？　あたしの何が悪いっていうの。あたしだけなんでこんなに不幸なの！」

「……」

なんだか拗らせ方がものすごくこの世界の現代人って感じなんだけど、この人、異世界の人なんだよね？

「幸せそうな人間が憎いわ。あたしはこんなに不幸なのに、笑ってる人間が許せない。だからいつも気に入らない奴は呪ってやるのに、この世界では魔法が使えない。――でも、代わりにいい方法があることに気がついたのよ」

魔女は不気味な笑みを浮かべて続ける。

「この世界のインターネットとかＳＮＳというのは、魔法と一緒よ。気に入らない奴をネットで晒して炎上させればいいのよ。一度ネットに上げられた悪評は、消えない刻印となって残る。これは呪いと同じよ」

「あー……やめましょうよ、そういうの……」

毒気が強過ぎて、頭痛がしてきた。当然、左手の甲も痒くてたまらない。

でも——ということは、彼女が弁当屋にクレームを入れる時に見せるあの写真、もしかしてネットに上げられてる？　《かどや》の悪評がばら撒かれてる⁉

私は俄に焦ったけれど、魔女が面白くなさそうに言う。

「……でも駄目なのよ。いくら炎上を狙ってSNSに投稿しても、全然拡散されない。魔法なんか使えないこの世界の連中の投稿はどんどん炎上してバズってるのに、どうしてあたしは駄目なの⁉　あたしは炎の魔女と呼ばれた女よ！　炎を操る魔女のあたしが、なんでネットを炎上させることも出来ないわけ⁉」

「そう言われても……」

思わぬ失言で炎上しちゃった人なんかはかわいそうだなあと思うけれど、炎上を狙っているのに燃えてくれないというのも何か物悲しさを感じる……。

ふと足元を見ると、画像加工のやり方だの動画配信の仕方だの、いろいろなハウツー本が転がっていた。一応、この人なりに努力はしたんだな。それでもバズらなかったんだ……。ていうか、努力の方向が間違っている。

「この世界は、異世界転生者を何者にもしないのですよ」

若だんなが言った。

「それが善いことであれ悪いことであれ、異世界転生者はこの世界で何も成せません。それがこの世界の仕組みなのです」

「何よそれ……魔法が使えないだけじゃなくて!? こんな最低の世界、初めてだわ！」

「そんなことないです！」

突然、久美ちゃんが大きな声で言った。

「この世界は夢みたいな世界です！ 明るくて自由で楽しくて、こんな世界があったなんて前世のわたしには想像も出来ませんでした。最低なんかじゃありません。ここは最高の世界です！」

「はぁ？ あんたも転生者？ こいつらと一緒にいるってことは、捕まったわけ？」

魔女が久美ちゃんを舐めるような目で見る。

「まあ……そうね。そうやってピュアピュアぶりっ子してれば、そこの単純な男どもはコロッと行って、大したお咎めもなく済むかもね。あざとい女って本当に厭よ」

「久美ちゃんを侮辱しないで！」

私は思わず魔女に喰って掛かった。

「久美ちゃんはぶりっ子じゃなくて本当に純粋なの！　それに久美ちゃんはただ迷子になってこの世界へ来ただけだから、最初からお咎めも何もないから！」

「……何よ、なんであんたがそんなに怒るのよ」

魔女は不思議そうな顔をしてから、ふん、と鼻を鳴らした。

「なるほどね、自分のことでは動じないけど、周りの人間を攻撃されると熱り立つタイプね。善人ぶっててヤな感じ！」

「〜〜もうっ、口を開けば悪態しか出てこないって、あなたどういう教育受けたの⁉」

さすがにキレかける私の後ろで、若だんながしゃがみ込んで何やらごそごそやり始めた。

「こんな時に片づけなんかしなくていいですから！」

振り返って文句を言うと、

「おや、こんな物がありましたよ」

差し出されたのは、たまごロールの包み紙と、Rアート企画（私にお祈りメールを寄越した会社のひとつだ！）の制服だった。どちらも私の部屋にあった物ではないから、上階から落ちてきた物だろう。

――え？　何？　つまり、どういうこと？

まさか、この異世界から来た魔女が私から就職先を奪った上に、たまごロールも奪ってたの!? それなのに自分は不幸だとか抜かしてるの!?

若だんなは私の怒りに水を差して宥めようとしたのではなく、火に油を注ぎたかったのだろうか。意図がよくわからないながら、私はもうこの魔女に大人の対応をする気はなくなっていた。

私は左手の甲を掻きながらひとつ深呼吸をして、魔女に語りかけた。

「――ねえ魔女さん。偏見丸出しで失礼するけど、あなたって自分から人に挨拶しない人? そんでもって、人から挨拶されても仏頂面を返す人? 自分から人に笑いかけたことがないのに、人が自分に笑顔を見せないって不満を漏らす人? 自分が人に親切をしたこともないのに、人が自分に親切にしてくれないって文句言うタイプの人?」

「おう、嬢ちゃん。さすがだな、大正解」

秋雨さんがこちらにウインクを飛ばした。

「俺もちょいとこの女の周囲を聞き込んだんだが、まあ評判悪いこと。挨拶はしない、礼は言わない、謝らない。誰に訊いても、『感じが悪い』で一致してたな」

え、その目立つ恰好で聞き込みを? よくみんな相手にしてくれたな……というか、こんな怪しい人の質問にも思わず答えちゃうくらい、みんな彼女の日頃の態度に不満たらたらだったということだろうか。

　当の魔女はといえば、一切悪怯れた様子がない。

「感じが悪いのは向こうでしょ！　向こうの態度がムカつくから、こっちからは何もしないだけよ。その何が悪いのよ。反省するのは向こうでしょ」

「なるほどね……どこへ行ってもその態度なら、嫌われて当然だわ」

　やれやれ――と私は芝居がかった仕種で頭を振った。

「なんですって」

「だって私、久美ちゃんにならたまごロール十年分を進呈してもいいけど、あなたみたいな人にはひとつだって譲りたくないもの。久美ちゃんのためなら身体が痒くても我慢出来るけど、あなたのための我慢なんてしたくない、って思っちゃうもの。好感度の違いよ」

「好感度ですって？　くだらない！」

「大事なことよ。そういうのって、日頃の行いの結果だから、自分が嫌われてると思うなら、その理由をちゃんと考えてみなさいよ。脊髄反射で『自分は虐げられてる！』と思う前に、自分の行動を振り返ってみなさいよ。人から好意を持たれるようなことをしているかどうか。人に嫌われるようなことばかりしていないか」

「あたしはそういう、虐められる側にも問題がある、みたいな論理大っ嫌いなのよ！」

「誰が虐められてるのよ。何もされてないでしょ、それなのに勝手な被害妄想でお手軽に人を呪おうとするあなたの方がよっぽど理不尽ないじめっ子じゃないの」

「あたしは自衛してるだけよ！」

「いーや、違う。あなたの主張はただの我がまま！　自分は何もせずに、人からちやほやされたいなんて都合のいい夢を見て、それが叶わないから癇癪起こしてるだけの子供！」

「子供……!?　癇癪ですって」

「賭けてもいい！　あなたが今後、また別の世界へ転生して、キラキラした名前を付けられて、誰よりも高い地位に立ち、誰よりも美しい容姿を手に入れて、世界の財を手中にしたとしても、幸せにはなれない！　今度は貧しい家族が助け合いながら仲良く暮らす微笑ましい光景を見て、自分にはそれがないと言って妬み始めるからよ！」

　この魔女は、他人の持っている物が羨ましいだけだ。自分が持っていない物を持つ者をひたすら妬むだけだから、永遠に満たされない。

　——この魔女にとって、幸せって何なんだろう?

　相手を自分より『下』だと思えば優越感に微笑み、相手の方が『上』と見れば劣等感と嫉妬に燃える。誰かと比べなければ自分の幸せが計れないなんて、その価値観が何よりも不幸なんじゃないだろうか。

「私なんか、週に三回たまごロールを食べられるだけで幸せなんだけどな……。前に五日連続で買えた時は、幸せ過ぎて死期が近いのかと怖くなっちゃったくらいだし」

　私が思わずつぶやくと、傍らで若だんなが目頭（めがしら）を押さえた。

「だから、いちいち私を見て涙ぐむのやめてもらえます？　幸せのハードルが低くて悪かったですね！」

　でもおかげで私は日々をそれなりに楽しく生きている。片や幸せのハードルが青天井の魔女はといえば、顔を真っ赤にして私を睨んだ。

「よくも言いたい放題言ってくれたわね、何様のつもりよ！　呪ってやるから！」

「だからおまえはこの世界では人を呪えないいんだっつーの」

　秋雨さんが魔女の頭に拳骨をくれようとするのを、若だんなが止める。

「そうやって、耳の痛いことを言われたら相手を憎んで、自分を省（かえり）みるということをしないままじゃ、何回生まれ変わったってあなたは幸せになれないってことよ！」

「なんであたしが悪いみたいになってるのよ！　悪いのはあたしを認めない連中でしょ！　あたしにこれ見よがしなマウント取ってくる世間の連中でしょ！」

　――もう、堂々巡りできりがない。

　環境が不幸を作る例も確かにあるだろう。自分ではどうしようもない境遇。久美ちゃんの前世がそうだった。でもこの魔女が不幸なのは環境のせいじゃない。

私はため息を吐いてから魔女に人差し指を向けた。

「じゃあ、あなたが幸せになれない理由に私が結論を出してあげる」

「え？」

「あなたが不幸なのは、ズバリ自分の性格が悪いせい！　以上！」

「なっ……」

「あなたが嫌われるのは、性格が悪いから！　人を妬んで恨んで嫌がらせして、嫌われまくったら優勝、という世界を探すか、そうでないなら自分のその僻みっぽい性格を変えないと何も始まらないわよ」

「僻みっぽいですって……誰が僻んでるのよ⁉　あたしは炎の魔女よ！　呪ってやる！ああ、でも魔法が使えない……！　もう厭よ！　真っ平だわ！　こんな厭な女がいる世界になんて居たくない！」

その時、魔女の頭から湯気が上ったように見えた。

「嬢ちゃん、ナイス！」

湯気かと思ったのはキラキラ光る糸のようなもので、秋雨さんがそれを掴んで魔女の頭から引き抜くと、自分の首に下がる鎖に結びつけた。

　糸が抜かれた瞬間、魔女は気を失ったように動かなくなった。私は魔女と蝶結びにされた光る糸を見比べながら秋雨さんに訊ねた。

「――何ですか、今の」

「魂だよ。こうやって自分から抜け出て来てくれるのが一番楽なんだ」

「佐藤幸子さんの方は大丈夫なんですか？」

「今は余計な魂が抜けたショックで気を失ってるだけだ。そのうち目を覚ますよ」

「抜いた魂の方は……どうなるんですか？」

「このレベルの困ったちゃんだと、異世界間司法裁判所に送られて、最終的に魂浄化命令が出るだろうな」

「そんなこと出来ちゃうんですか！　まっさらになって人生出直し――ってことですか」

　最後まで反省の色がなかった魔女の顔を思い出す。

　被害妄想と僻み根性から来るコミュ障もあそこまで行っちゃうと、周囲への被害が洒落にならないし、何より本人が一番不幸だ。すべてをリセットして一からやり直すのがいいと私も思う。

　しんみりする私の一方で、さて、と言って秋雨さんが久美ちゃんを見た。

「そっちの嬢ちゃんも引き抜かせてもらおうかな」

「待ってください！」

久美ちゃんが私の背中に隠れるようにして言った。

「あの……一度、家に帰らせてもらえませんか。身体から出て行く前に、どうしてもやっておきたいことがあるんです。すぐ済みますから、お願いします」

私は久美ちゃんの味方である。一緒に秋雨さんと若だんなに頼み込み、魂を抜く前にちょっとだけ時間をもらえることになった。


若だんなの車に乗って、私たちは町の東の住宅地にある久美ちゃんの家の傍(そば)まで行った。もう夜も遅い。こんな時間に大勢で押し掛ければ家の人を驚かせてしまうので、ここからは私が監視役として久美ちゃんに随(つ)いてゆくことになった。

監視なんか付けなくても久美ちゃんは逃げたりしないわよ――と思うけれど、これが時間をもらう条件なので仕方がない。

いや、本当の本心を言えば、このまま久美ちゃんをどこかに逃がしてやりたい。久美ちゃんはあの魔女と違って、この世界を心から愛してくれているのだから。でもそれをしてはいけないのがこの世界のシステムで、久美ちゃん自身も身体を出て行くことを受け入れているなら、私が余計なことをしない方がいいのだろう。

複雑な気持ちで玄関に着くと、久美ちゃんは明るく言った。

「ここで大丈夫です。小毬さんに渡したい物は玄関にあるので」

「私に？」

久美ちゃんは玄関ドアの脇にある傘立ての中からピンクの傘を引き抜いた。

「これ——もらってください。本当は、小毬さんの物だったはずだから。他にも、わたしが奪ってしまった物の持ち主がわかれば、返してから出て行きたかったけど……」

「久美ちゃん……！」

私は思わず久美ちゃんを抱きしめた。

あの僻みっぽい魔女の戯言(たわごと)を聞いたあとだと、心が洗われるにも程がある。

「また新しい世界で生まれ変わったら、今度こそ楽しい一生を過ごしてね。きっと、ここよりもっといい世界に転生出来るって信じてるから」

「小毬さん……ずっと優しくしてくれてありがとうございました。別の世界へ行っても、流れ星を見たら小毬さんの痒いところがなくなりますようにって祈りますね」

「久美ちゃん〜〜」

私たちが抱き合って別れを惜しんでいるところに、

「久美？　帰って来たの？」

家の中からお母さんらしい人の声が聞こえた。久美ちゃんが慌てて玄関ドアを開け、返事をする。

「うん、だけど友達の家に忘れ物しちゃったの思い出したから、取りに行ってくるね」

「こんな時間に？　明日でもいいんじゃないの」

「すぐ必要な物だから！」

なんとか言い訳をして久美ちゃんは私と一緒に若だんなたちの待つ車へ戻った。

「お待たせしました。——お願いします」

車から出てきた秋雨さんに久美ちゃんが神妙な表情で頭を下げると、その脳天からキラキラ光る糸がちょろりと飛び出した。秋雨さんがそれを引き抜くと、久美ちゃんは文字通り糸が切れたようにその場に頽（くずお）れた。

「おっと」

秋雨さんが久美ちゃんを抱き留（と）め、若だんなが何か呪文を唱えると、久美ちゃんはふらふらしながらも自分の足で立てるようになった。

「どうぞお帰りください。お気をつけて」

そう若だんなにささやかれた久美ちゃんは、こちらを振り返ることもなく覚束（おぼつか）ない足取りで帰って行った。

「本来の魂が落ち着くまで、しばらく時間がかかるかもしれませんが、そのうちすべてが元通りになりますよ」

　元通りの『相原久美』になるということは、私の知っている久美ちゃんではなくなるということだ。本当の相原久美ちゃんにとっては最良の顛末(てんまつ)だけれど、私にとってはただただ寂しく悲しい結末だった。

6

　だが、私にのんびり久美(くみ)ちゃんとの別れを悲しんでいる暇(ひま)はなかった。

　アパートが炎上する展開は回避出来たものの、部屋の天井が抜けるというのもなかなかの惨事である。今晩、私はどこで寝ればいいのか。

　というか、普通に佐藤幸子(さとうさちこ)さんを部屋に残したまま久美ちゃんの方へ付き合ってしまったけれど、これは普通に警察沙汰(ざた)ではないのか。私、事情聴取とかされるんじゃないのか。何をどう説明すればいいのか。転生連(てんせいれん)の刑事じゃなくて普通の警察相手に異世界転生とか魔女とか言い出したら、ふざけるなと怒られるんじゃないのか。

　とにかく久美ちゃんと別れたあと、秋雨(あきさめ)さんは異世界転生者の魂をふたり分ゲットして上機嫌で帰って行き、私と若だんなはまたアパートへ戻った。

佐藤幸子さんは私の部屋で倒れたまま、まだ目を覚ましていなかった。もちろん部屋も散らかったままで、周りの部屋の住人に異変を気づかれていないのだけが幸いといった状況である。

「これ、どうするんですか……。いつまでも結界とやらを張って誤魔化すわけにもいかないですよね」

「事故ということで処理します」

若だんながあっさり言った。

「事故⁉　何があったらアパートの天井……というか床が抜けるんですか⁉　それでなんとかなります⁉」

「なんとかさせます。天堂(てんどう)の家も伊達(だて)に地元の名士を張っておりませんので」

……権力か。権力とはこういう時に使うためにあるのか。

呆れ半分、感心半分の私に若だんなはさらに言う。

「佐藤幸子さんの方も、これから知り合いの病院へ入院させて適当な記憶を刷り込みますからご安心ください。あなたにご迷惑はかかりませんから」

何か急に、前世管理委員会とやらがすごい闇の組織みたいに見えてきたんだけど。

ちょっと引いている私を前に、いつの間に呼んだのやら、若だんなの部下らしい人たちが佐藤幸子さんを運び出してゆく。

「――ということで、差し当たっての問題は、あなたの今晩の宿ですが……よろしければ当家の離れにお泊まりください」

「えっ」

「どうぞご遠慮なく。あなたにはもう少しご説明したいこともありますし、ぜひ」

「……」

どうせ、私のこの不運体質では、今からホテルを取ろうとしたところで満室お断りを喰らうのが目に見えている。祖父母の家に帰るのは論外だし（余計な心配をさせてしまう！）、友達のところへ転がり込んでも、今日のこの出来事が気になって落ち着かないだろう。だったら、若だんなにもっと詳しい話を聞かせてもらう方がいい。

「――じゃあ、お言葉に甘えて」

私はひとまず貴重品だけを手早くまとめ、天堂家へお邪魔することになった。

町の郊外に天堂家のお屋敷はあった。大きな日本家屋で、母屋（おもや）と渡り廊下で繋がる離れも、離れと呼ぶには贅沢（ぜいたく）な規模の建物だった。

与えられた部屋に少ない荷物を置いたあと、私は和服に着替えた若だんなに呼ばれて母屋の奥へと案内された。

「あなたに見せたいものがあるのです」

広い割に、人気のないお屋敷だった。誰ともすれ違うことなく、板張りの廊下を歩き続けて、やがて突き当たりに両開きの扉が見えた。

「——どうぞ」

若だんなが扉を押し開け、私を中へ招き入れた。

「……！」

そこは眩い光に満ちた空間だった。初めは目潰しを喰らった感覚で目を開けていられなかったけれど、やがて明るさに目が慣れてくると、不思議なものが見えてきた。

「何ですか、これ……！」

天から無数の光る糸が垂れていた。天井ではない。どれだけ目を凝らして上を見ても、天井らしきものは見えない。しかも、果てが見えないのは垂直方向だけではなかった。平行方向にも果てがない。視界が霞むほど高い場所から、見渡す限りの広さに、とにかく糸が垂れ下がっている。

「やはり、あなたには見えているのですね」

「見、え、てって……こんな眩（まぶ）しいものが見えない人がいるんですか」

「普通は見えないのです。これは魂の糸ですから」

「魂の糸？」

「人の魂を映す糸です。あなたには、久美さんや魔女の魂も見えていたのでしょう？　あれも普通の人には見えません」

「えぇっ？」

　あんなにキラキラ目立つ糸が頭から飛び出て来たのに？

「私が隠（かく）し身（み）を使って久美さんを監視していた時も、あなたは私の姿を見つけましたね。あの時から、もしやと思っていたのです。――あなたには前世見（さきよみ）の資質がありますね」

「さ、さきよみ？」

「人の前世を見る力、人の魂を見る力です」

「そ、そんな超能力ないですよ！　今までそんなもの見えたことないですし！」

　私は焦（あせ）って首と両手をぶんぶん振った。

「機会がなければ発揮もされない力ですから。今、この《前世見の間（ま）》で魂の糸が見えている――それがあなたの資質を明確に物語っています」

「……」

見えないことにしたくても、見えてしまうものはどうしようもない。しかもよく見れば、上から垂れている糸だけではなく、横に渡っている糸があることにも気がついた。

「あの経の糸が、いわゆる人の『魂』です。何度も生まれ変わりながら繋がってゆく一本の糸。そしてあの緯糸は、『縁』です。人と人を結ぶ糸」

「こんなにたくさんの糸があるのに、絡まずに綺麗に垂れてるなんてすごいですね……」

「絡むこともあるのですよ。それが先ほどお話しした、前世の因縁です。古来より私たち前世見は、この《前世見の間》で人の魂の糸を観察し、悪縁に絡み合うものを見つければ解す。それを仕事としてきたのです」

「……ここで絡んだ糸を解せば、変な因縁が解消されるってことですか？」

「そうです。天堂の家が管轄しているのは、ここから見える範囲の魂だけですが、こんな家業を持つ一族が、日本中、世界中にいます。ただ、近年のように人が世界中を簡単に行き来するようになると、人の因縁もグローバル化しまして、《前世見》という言葉が外国人に伝わりにくくてですね、世界共通で《前世管理委員会》という名称が出来ました」

前世見、の方が風情があっていいと思うのは日本人だからなのか。

「ですが本来、前世見の仕事は簡単なのです。日に何度か、ここで魂の糸を見て、絡んだ糸を見つけたら解す。それだけです。それなのに――」

若だんなは沈痛な面持ちで魂の糸の一本を指差した。

「これをよく見てください」

「……なんだか糸の一部が黒ずんでますね」

糸の全部が全部、キラキラ光っているわけではないようだ。

「異世界転生者の干渉です」

「えっ」

「この変色は、異世界人の魂が入り込み、本来の魂を抑圧していることを表すのです」

「こういうのを見つけたら、ああやって身体から異世界転生者を追い出しにかかる、ってことですか」

「そうです。なぜか天堂家の管轄であるこの地域だけ、こういった現象が多発していまして、対応が追いついていないのが現状です」

よくよく見れば、確かにあちこちにちょっと黒ずんだ糸が交じっている。

「異世界転生者がやって来ても、すぐには糸の変色も起こりませんし、気づいてからも被害者の特定に時間がかかる事情もあり、仕事は増える一方で、もうてんてこ舞いなのです」

若だんなは深いため息を吐く。

「なるほど……前世管理委員会の中の異世界転生者問題対策室、ってそういうことなんですね」

「こんなことは前世見の本来の仕事ではなく、完全にサービス残業のようなものですが、かといって放っておくことも出来ませんので」

「……お疲れ様です」

思わず苦笑して頭を下げると、くたくたになった黒い糸が一本、下の方に垂れ下がっているのが目に入った。

「なんだか――あそこにすごい色の魂がありますけど、あの人大丈夫ですか？」

私の指差す先を見て、若だんなが曰く言い難い表情をした。

「あれは……あなたの魂の糸です」

「え⁉」

私は目を疑って、よれよれのくたくたになった黒い糸を見た。

「――なんで⁉　冗談ですよね⁉　どうして私の魂だけ、あんなかわいそうな状態になってるんですか⁉」

「異世界転生者のせいです」

「へ？」

「先ほどもお話ししたでしょう？　あなたはなぜか異世界転生者のしわ寄せを受けやすい、気の毒な星回りに生まれていらっしゃると。転生者から権利を奪われる度に魂の糸がダメージを受け、今やあのような姿に――」

目頭を押さえて語る若だんなを見て、胸に痞えていた一番大きなものがすとんと落ちた気がした。

「つまり……若だんなが私にいつも異様な憐憫の視線を向けてくるのは、私の不運な噂を聞いたとかじゃなくて、これを見ていたから？」

「世界広しといえど、ここまで気の毒な魂の糸はそうそうお目にかかりませんので……」

だからいつも、世界で一番かわいそうな人を見るような目で見てたってわけ……！

「――そこでご相談なのですが」

涙を拭った若だんなが、一歩私に近づいた。

「小毬さん、前世管理委員会で働きませんか？」

「……は!?」

「あなたには前世見の資質があり、魂の糸が見えます。それに加えて、魂の追い立てに光る才能があります」

「魂の、追い立て？」

若だんなは深く頷いた。

「本日はまことにお見事でした。あなたがうまく魔女の嫌気を誘ってくださったおかげで、あれ以上の騒ぎは起きずに魂を引き抜くことが出来ました」

「……え、あれって私の手柄ってことになるんですか？」

「当然です」

若だんなはまた大きく頷いた。

「私は気が弱くて人に厳しいことを言えない性質ですし、秋雨さんは秋雨さんですぐに手が出る方ですし、小毬さんの畳みかけるような毒舌には本当に助けられました」

「毒舌って！」

私は心外な思いで反論した。

「名誉のために言っておきますけど、私は別に口が悪いわけじゃないですから！　基本的には人との争いを好まない、至って平和的な人間ですから！　ただ、聖人でもないんで、ムカつく相手に遠慮はしないというだけです」

「大変結構です。異世界転生者の魂に出て行っていただくには、『もうこんな世界に居たくない！』と思わせるのが一番ですから」

「私に嫌われ役を演じさせて、とっとと出て行かせようってこと？」

　さっきの魔女とのやりとりで、なんだか若だんなから煽（あお）られているような気配を感じたのは、気のせいじゃなかったのか。素知らぬ顔で私に燃料をくべて、魔女を追い詰めさせた。このやり口のどこが気弱なのか。とんだ策士じゃないか！

「あなたにとって、悪い話ではないと思いますよ。表向きは天紋堂（てんもんどう）本社の社員という形にさせていただきますし、ご自分で異世界転生者を退去させた分だけ、魂の糸も輝きを取り戻せるわけですし」

「……」

　こういう、人の痛いところを突いてくるのも、見かけ通りのつっころばしじゃない。

　一応自活しているとはいえ、フリーターの身を祖父母が心配しているのは事実だ。正社員の肩書が得られれば、ひとまずは安心してもらえるだろう。何より、自分の魂があんな有様になっているのを見せられたら、黙っているわけにもいかない。

　いつの間にか、若だんなの手のひらの上で転がされていた気がして腹は立つが、私の不運体質改善のためには前世管理委員会の残業に私も付き合うしかないということだ。

「――わかりましたよ。じゃあこれからお世話になります、よろしくお願いします！」

　私がやけくそな挨拶（あいさつ）をすると、若だんなは満足そうに微笑んだのだった。

幕間　若だんなの駄洒落

『あのね、久美ちゃんも辞めちゃったのよー』

電話の向こうでエミさんが残念そうに言った。

「え、そうなんですか」

私が《かどや》のバイトを辞めてから一週間が経ち、その後の久美ちゃんが気になる気持ちは膨らむ一方だった。

かといって、異世界転生者に身体を奪われていた間の記憶はないのが普通らしく、直接本人に連絡するのもためらわれた。きっと今の久美ちゃんにとっては、「なんか知らない人から連絡来た！」と気味が悪いだけだろうから。

それで結局、《かどや》の店長の奥さん・エミさんに様子を訊いてみた、というわけなのだが。

『ちょっと体調崩しちゃったみたいでね、学校にも行けてないみたいで、長引きそうだからバイトも辞めさせてくださいってお母さんから連絡があったのよ』

「そうなんですか……」

魂が抑圧から解き放された影響なのだろう。身体を乗っ取っていた異世界人が出て行ったあとの回復には、個人差があるのだと若だんなが言っていた。すぐ原状に復帰出来る人もいれば、しばらく記憶障害的な状態になる人もいるのだと。

心配だけれど、お見舞いに行く気にはなれなかった。向こうからすれば私は『知らない人』だろうし、私としても、別人になってしまった久美ちゃんを見たくなかった。

今の久美ちゃんがあの久美ちゃんとは似ても似つかない子だったらショックだし、逆にあの久美ちゃんよりもっと天使だったら、それはそれで言語化が難しい感情が胸に渦巻きそうだ。

——もう久美ちゃんには会わない方がいいんだろう。

私にとっての久美ちゃんは、もうこの世界にいない。

世界と世界を渡って、束の間お友達になった女の子。どこか別の世界で、幸せな転生をしてくれているのを心から祈るばかりだ。

ついでに言えば、佐藤幸子さんはあれからアパートを引っ越したらしい。彼女に関しても、魔女が抜け出たあとにどんな人になってしまったのかはわからない。若だんなに訊けば調べてくれるのかもしれないが、わざわざそこまでして知りたいわけでもなかった。

あの魔女に関しても、魂を浄化されてどこか適当な世界でやり直してくれればいい。それ以上、特に思うことはない。

思い入れの差は好感度の差である。やっぱり日頃の行いって大事だなあ。私も気をつけようと心に刻む次第である。

そんなこんながありながら、私は若だんなのコネで天紋堂本社に就職した。早速それを祖父母に報告すると、和菓子屋のしがないバイトから本社に栄転、ということで大層喜んでくれた。

そして職が決まったところで新しいアパートを探そうとしたのだが、このままの方が仕事の便がいいという理由で若だんなに引き止められ、天堂家の離れで居候を続けることになった。表向きは「天堂家の敷地内に出来た社員寮に入っている」ことにしてもらったのは、そうしておかないと祖父母が心配するからだ。

実際、本当のことを話したら心配されることだらけである。

「なんだか私、人の魂が見える体質だったみたいでね、異世界人の魂を見つけて退去をお願いする仕事にスカウトされたんだ——」

「本当は天紋堂本社には一歩も足を踏み入れたことがなくてね、毎日若だんなと異世界転生者を探す仕事をしてるんだ——」

そんなことを打ち明けた日には、祖父母は揃って卒倒してしまうだろう。そして次の日には怪しい拝み屋にお祓いを頼みに行かれてしまう。

だから言えない言えない、こんなこと。

「世の中、別に悪事じゃないけど人に言えない仕事をしてる人もいるんだ、ということがわかったわ……」

　しみじみつぶやいた独り言を、若だんなの耳に拾われた。

「言っても信じてもらえない、が正確なところですけれどね」

「だって、《前世管理委員会異世界転生者問題対策室》という名前がもう胡散臭過ぎて、唱えただけで人の警戒を買う呪文みたいなものですよ」

「そこを鑑みて、仕事着は洋服にしたのですが……和服よりは親しみやすいかと」

「や、その程度で緩和出来る胡散臭さじゃないですって」

「では普段着のままでもいいでしょうか。私としては和服の方が慣れているので」

「それは……いや、うん、スーツの方がちょっとはマシだと思いますよ」

　今時、和服の男性というだけで非日常的なのに、そんな人から異世界がどうのと説明を始められたら、混乱がさらに深まりそうだ。

「せめて、もうちょっと短い名前の組織だったらよかったんですけどねぇ」

「まあ、悪夢管理委員会初夢課、よりは長いでしょうか」

「何ですかそれ」

「友人の仕事です。昔は夢見と呼ばれた家業ですが、我々前世見と同様の事情で、世界共通名称が《悪夢管理委員会》になりまして」

「その初夢課で働いてるんですか？　仕事は正月だけ？」

「それが、初夢からいろいろ引きずる案件が多くて大変なようですよ。守秘義務がありますので、詳しいことは話してくれないのですが」

「……」

この若だんな、もう見た目も仕事も交友関係もすべてが胡散臭く見えてきた。

「ちなみに、《前世管理委員会異世界転生者問題対策室》の略称は《てんもんどう》ですよ」

「はい？　どこをどうしたら、前世管理委員会の略称が《てんもんどう》になるんですか？　どこも被(かぶ)ってないじゃないですか」

首を傾(かし)げて訊き返す私に、若だんなは遠い目をして答える。

「我が家の《天紋堂》は古くからの屋号ですが……今となってはなんとも宿命的なものを感じてしまいます」

「というと？」

「異世界転生者問題どうしよう、の略でしかなくなっていますからね」

「駄洒落(だじゃれ)かい！」

思わず全力でツッコミを入れてから、問題がひとつ解決したことに気がついた。

——じゃあ、私が「天紋堂で働いてます」と言っても嘘にはならないんだ。良心の呵責を覚えなくていいんだ。

転生者問題どうしよう、の仕事をしているのは本当なんだから。

そんな仕事に就いちゃってどうしよう、の問題についてはひとまず目を逸らすしかないにしても。

第二話　悪徳業者、滅ぶべし

問

あなたは世界を救う戦いの仲間に誘われました。
断る口実を二〇〇字以内で考えなさい。

「神より推しの方が尊いに決まっているではありませんか！　――うっかり、そう口走ってしまっただけなんです……！」

泣き崩れる女性を前に、私は今日も元気に困っていた。

場所は、駅前アミューズメント施設内の占いコーナー。狭い個室の中で、私は紫色のローブとフードを被(かぶ)らされ、占い師のふりをさせられていた。そして目の前で若い女性が泣いている。

何がどうしてこうなったのかを語るなら、結局またあの件まで遡(さかのぼ)って説明することになるだろう。

1

半月(はんつき)前、天使の久美(くみ)ちゃんと性格の悪い魔女が転生連(てんせいれん)へ旅立った。私は天紋堂(てんもんどう)に就職が決まり、若だんなが作ってくれた名刺の肩書は、《天紋堂株式会社専務取締役秘書》。つまり若だんなの秘書だ。

でも専務といっても名前だけ、若だんなは会社の業務にノータッチで、駅前にある本社ビルにもほとんど顔を出さない。だから私も一般的な秘書の仕事をさせられているわけではない。秘書は飽くまで表向き、もうひとつの名刺の肩書は、《前世管理委員会異世界転生者問題対策室調査員》。業務内容は、異世界転生者の探索と追い立てである。

久美ちゃんたちがいなくなってから、それまで続いていた左手の甲の痒み（かゆみ）が治まったかと思うと、今度は額（ひたい）の真ん中が痒くてたまらなくなった。気を抜くとつい掻きむしってしまい、額が日の丸ハチマキみたいになっているのを前髪でなんとか隠しながら、私は日々、若だんなに街中を連れ回されていた。

「市民体育館でママさんバレーの大会を観戦しませんか」

「商店街に設置された新しいマンホールの蓋（ふた）を見に行きませんか」

なんだそれはという誘い文句で朝から連れ出され、異世界転生者の気配を探って歩くのである。私のアレルギー箇所（かしょ）が移動したということは、久美ちゃんたちとはまた別の異世界転生者に反応しているということであり、接近すれば反応もより強くなるという。若だんなは若だんなで、異世界転生者に近づくと肌に違和感がビリッと来るのでわかるのだぞうだ。

つまり、今まで私が街で見かけていた「ふらふら散歩中」の若だんなは、別に暇（ひま）で遊んでいたわけではなく、異世界転生者の探索調査中だった——ということだ。

もっとも、ただ当てもなく歩き回って異世界転生者が見つかれば苦労はない話で、大まかな異世界人の所在は若だんなのお母さんが探り当てているらしい。

ざっくりと天堂家の事情を教えてもらったところ、お母さんの方が天堂家の血筋で、お父さんは婿養子なのだそうだ。お父さんは前世見の資質がなく、会社の経営に専念。お母さんとひとり息子の若だんなは前世見の仕事に専念しており、その中でも外に出る仕事は若だんな担当で、お母さんはお屋敷の奥でひたすら魂の糸の解析に励んでいるという。

「解析って？」

私の疑問に答えるため、若だんなは《前世見の間》の扉を開けた。

「ここでは無数の人の魂の糸が見られます。ですが、糸に名前が書いてあるわけではありません。異世界転生者の干渉で変色した魂の糸を見つけても、それが誰の魂なのかは見ただけではわかりません」

「え、じゃあ、絡み合ってる魂の糸を見つけて解すのも、それが誰と誰でどういう関係か、なんてわからずにやっているということですか？」

「悪縁か良縁かの区別は付きますが、個人の特定は出来ませんね。古来より、個人情報保護に関しては厳しい業界なのですよ」

「だったら、あのよれよれになった魂の糸が私だって、どうしてわかったんですか」

「そこが、解析の賜物です。——魂の糸は、こうして見るとただの細い糸ですが、その実、何層にもぐるぐるに綯われています。一番核の部分に、名前や所在地などのいわゆる個人情報が詰まっていて、それはただこうして眺めるだけでは決して見通せないのですが」

「若だんなのお母さんは、どうにかしてそれを見ることが出来るってこと？」

「ええ、ただかなりの精神集中が必要な作業なので、ほとんど部屋に籠りきりで、なかなか小毬さんにご挨拶出来なくて申し訳ありません」

「や、そんなことは別にいいんですけど」

どうせ、社長——お父さんの方とも会ったことないし。あっちはあっちで、いつも会社に泊まり込みらしい。

「ここで魂の糸を見ながら解析するんじゃないんですね」

「この場所だと却って、他の魂も目に入ってきてしまって集中出来ないそうですよ」

「遠隔で秘された情報を探るって……なんだか凄腕のハッカーが厳重に守られたデータベースを突破する、みたいなスリルがありますね」

「イメージとしては近いかもしれませんね」

ちなみに私の魂の糸はダメージを受け過ぎてキューティクルぼろぼろ状態、簡単に核まで辿り着けたそうだ。私の個人情報ガバガバで、まったく由々しき問題である。

ともあれ、時間をかければ凄腕ハッカーのお母さんがターゲットの特定をしてくれるものの、ある程度解析が進んで所在の範囲が狭まってきたあたりで、若だんなが足を使って捜し当てることが多いらしい。きっと、その方がお母さんの消耗が減るということなのだろう。

そんなこんなの手順の末、またひとり、異世界転生者に身体を奪われた被害者を見つけたのが先週のこと。相手は若い女性で、まずは若だんながコンタクトを試すと、案外素直に話を聞いてくれたという。転生事故の説明にも納得し、転生連の保護を受け入れると答えたという。こんなにスムーズに事が運ぶこともあるんだなと驚きながら、私に課された任務は、

「では小毬さんは、占い師になってください」

「なんで⁉」

駅前には天紋堂が運営するアミューズメント施設がある。その片隅に、寂れた占いコーナーがあり、ここが個室になっているのがポイントなのだという。そこにターゲットを呼び出し、魂を引き抜く。そうすれば、突然人が倒れたといって騒ぎにもならないし、本人が落ち着いたところで自分の足で帰ってもらうもよし、なかなか目を覚まさなければ裏から運び出し、若だんなお得意の「知り合いの病院」送りにするのもよし。——これがひとつのパターンとなっているらしい。

「本人の意思の最終確認も必要ですから、当日は小毬さんに彼女の話を聞いていただいて、魂が抜け出る助けをお願いしたいのです」

「だからって占い師のふりしなくても」

「雰囲気作りは大切ですから。やはり私がやるより、小毬さんの方がお似合いですし」

「え、もしかしてこれまでは若だんなが占い師のふりをしてたんですか？」

　なんか、すごい胡散臭い雰囲気になりそうだ。なまじ端整で物腰がやわらかいから、詐欺師っぽさ満点というか。私だったらこんな占い師の言うことは信じない。――というか、そもそも占いなんて信じてないけど。

「いえ、今までは母に頼んでいました。ですが解析作業だけでも手一杯なところに、あまり無理はさせられないと思っていたところでして……」

　若だんな、卑怯なり。私がそういう親思いな風情に弱いと知っての所業か。

「……まあ、そういうことなら、頑張ってみますけど」

　こうしてまんまと丸め込まれ、ターゲットと約束した日曜日、私は若だんなと共に駅前のアミューズメント施設へやって来た。異世界人の魂を引き抜くには転生連の刑事である秋雨さんの力が必要なので、まずは施設の前で秋雨さんと待ち合わせをした。

「そういえば秋雨さんってどこから来るんですか？　電車？　車？」

私が若だんなに訊ねた時、道路の向こうからマウンテンバイクで爆走してくる秋雨さんの姿が目に入った。

「えっ、まさかの自転車移動⁉」

相変わらず柄の悪い風体で現れた秋雨さんは、私たちの前でマウンテンバイクを降りると、気さくに片手を上げて挨拶する。

「よう、おふたりさん。――ん？　なんだよ、その裏切られたよーな目は？」

秋雨さんが私の視線を見咎めて憮然とした。

いや、なんとなく、この人には車高の低いやんちゃな感じの車に乗っていそうなイメージがあっただけだ。あるいは、ごつい大型バイク。こんな健康的に自らの足をフル稼働して来るとは思わなかった。

「……いえ、すみません。勝手な偏見を反省してました」

「は？」

「秋雨さんて、移動はいつも自転車なんですか？」

「まあ、この世界じゃ車の運転が出来ねーからな」

「え？　でも運転免許証って外国人でも取れますよね」

「外国人は取れても、異世界人は無理だろ」

「え」

私が咄嗟に言葉の意味を捉えかねてきょとんとすると、隣で若だんなが言った。

「そういえば、小毬さんに説明していませんでしたか。秋雨さんは異世界の方なのです」

「え……秋雨さんも異世界転生者なんですか⁉」

「いや、転生はしてない。この世界には仕事で来てるだけだ」

「と、いうことは……え……え～～⁉」

私は思わずのけぞって秋雨さんを見上げた。

「じゃあ、生身の異世界人⁉　魂じゃなくて、身体ごと異世界から来てるってこと⁉」

秋雨さんが頷く。

「そんなことって出来るんですか⁉　え、この身体、異世界製ですか。異世界から来て、この世界の空気とか大丈夫なんですか、食べる物とか、言葉とか……」

疑問を並べながらも、秋雨さんがまったく元気にこの世界で息をして喋って動いている事実を自分自身がよく知っていることに気づき、私は混乱して頭を抱えた。

これは、私をからかう冗談？　異世界人と言われても、秋雨さんの見た目はこの世界の人間と変わらない。でも、彼は人の魂を引き抜いたりする力を持っていて、久美ちゃんも魔女も《転生連の捜査官》という存在を普通に受け入れていた。異世界転生が普通にある世界では、当たり前に知られている職業なのだろう。

　考え込む私の頭を秋雨さんが軽く小突いた。

「あんまり深く考えるな。異世界間転移に縁がない世界の人間に、どうせ理屈なんて説明しようがねーからな」

「異世界間転移……」

「そう。俺にはそういう能力があるから、こういう仕事をしてる。転生連の職員はみんなそうだ。あんたはそれだけ理解してればいい」

「じゃあ……秋雨という名前は？」

「俺の名前はこの世界じゃ発音出来ねーみたいでな、仕方ねーから若にそれっぽい名前を付けてもらった」

「ええ。秋の雨の日に生まれたと伺いましたので、秋雨さんとお呼びすることに」

「……」

　容姿からして外国人かなとは思っていたけれど、まさか異世界人だとは思いもしなかった。完全に私の常識を破壊する存在を前に、疑問ばかりが湧き出てくる。

「じゃ、じゃあ、異世界間転移という現象はあるものとして、秋雨さんは今、どこからここに来たんですか？　この近くに異世界と通じる穴とか扉とかがあるんですか？」

「こういう世界じゃ、人が突然空間転移してきたら驚かれるからな。若の家と転生連本部を回路で繋いでるんだ」

「えっ、天堂家ですか!?」

「小毬さんがお住まいの離れとは反対側にも離れがありましてね、そこを使っていただいています」

「だったら、こないだ久美ちゃんと魔女の魂を引き抜いたあと、どうして私たちと別れたんですか？　若だんなの車で一緒に帰ればよかったのに」

　そうすれば、その時に秋雨さんの素性（すじょう）もわかっただろうに。あの日は若だんなの家業を教えられたり自分の魂の糸を見せられたり、衝撃展開の連続だったから、ついでに秋雨さんのことを教えられても勢いで呑み込めた気がする。変に時間を空けられたせいで、今こんなに混乱している。

「そりゃああんた、こいつを途中に乗り捨てたままだったからさ。拾いに行ったのさ」

　秋雨さんはマウンテンバイクのハンドルを撫でて答える。

「じゃああのあと、自転車で天堂家の離れに帰って、そこから転生連へ戻ったんですか」

「そゆこと。こいつは、大事なこの世界での足だからな」

「……」

異世界人だから車の免許が取れない。だから自転車で移動する。ものすごく現実的で常識的なことを言っているようでいて、異世界人、というワードがすべての常識を踏み潰し、非現実的な世界を押しつけてくる。

私が異世界転生者問題を知ってから一月近く経つけれど、これは夢かもしれないと思う瞬間が未だ定期的に訪れるのだ。目が覚めたらすべて夢だったというオチなんじゃないか。自分の不運に何とか理屈を付けようとして無理くり捻り出した設定の夢を見てるだけなんじゃないか――。

けれど今のところ夢は覚めていない。異世界人の刑事が隣を歩いている。これが夢だった方がいいのか現実だった方がいいのか、それもまた難しい問題だ――。

戸惑いが冷めやらぬまま、私は占いコーナーのバックヤードに連れて行かれ、紫のローブとフードを被らされた。秋雨さんショックのせいで、占い師コスプレくらいどうということもない気分にさせられていた。まさかこれも若だんなの策だったのだろうか。

狭い個室の机の上には、大きな水晶玉が載っている。

ターゲットの名前は樫田美穂。二十六歳、病院事務職員。約束の時間は午後一時。

時間通りにやって来た女性は、地味な服装におとなしそうな雰囲気で、おずおずと私の前に座った。

「今日はお世話になります。あの……この間の人は……？」

樫田美穂さんは、きょろきょろと狭い室内を見る。

「あ、若だ……室長ですか？　後ろに控えていますが」

私が答えるのと同時に、背後の扉を開けて若だんなが顔を見せた。

「本日はご足労いただき、まことにありがとうございます。転生者保護に向けて最終確認の手続きを致しますので、ご不明な点、お話しになりたいことなどございましたら、ご遠慮なくどうぞ」

そう言って若だんなはまた引っ込んだ。秋雨さんをまだ彼女に見せないのはナイスだ。おとなしそうな人だし、怖がって逃げられるかもしれない。

「えぇと――では、何かお話があれば私が伺います。心おきなくこの世界を旅立っていただきたいので」

私が促すと、樫田美穂さんは小さな声で言う。

「あの……おとなしく目立たないように心がけて暮らしても、やっぱり迷惑になるんですよね……」

心配になるくらいしょんぼりとした風情だった。若だんなからきちんと、異世界転生者がこの世界に及ぼす影響を聞かされているようだ。

「でも私、まさか転生事故だなんて思いもしなかったんです。素晴らしい世界に転生出来て、幸せだと思っていました。それがまさかこんな――」

久美ちゃんと同じような事情の持ち主なのだろうか。言っていることが似ている。だとすると、前世の経緯(いきさつ)を聞くのは覚悟が要(い)りそうな気もするが、そこを吐き出させないと魂が出て来てくれないのだろうとも思う。

「前世で何があったのですか？　私に話しにくいのでしたら、この水晶玉に話してみてください」

こういう時のための胡散臭いアイテムだ。樫田美穂さんは語り始めた。

「――前世の私は、修道女でした。生まれた家は裕福な地主(じぬし)でしたが、私の趣味が両親に認めてもらえず、修道院へ入れられてしまったのです」

「趣味とは？」

「私、芝居が大好きなのです。贔屓(ひいき)の役者を追いかけて、どんな田舎(いなか)の公演も観(み)に行きました。毎回欠かさず応援の手紙を書き、姿絵は全種類集めて、差し入れも奮発しました。けれど私のその趣味が、頭の古い両親には理解出来なかったのです。役者なんて物乞いと同じ、そんなものに血道(ちみち)を上げることは許さない――と、無理矢理私を修道院に……」

どうやら久美ちゃんの事情とは違ったみたいである。とりあえずお嬢様だったようだ。

「俗世間とは離れた修道院の生活は、地獄のようでした。私はこっそり贔屓の役者の絵を描いて、それを眺めて心を慰めていました。けれどその絵が修道院長様に見つかり、ひどいお叱りを受けて――つい叫んでしまったのです」

「何と？」

「神より推しの方が尊いに決まっているではありませんか！　むしろ、推しが神です！――うっかり、そう口走ってしまっただけなんです……！」

樫田美穂さんは水晶玉に抱きつくようにして泣き崩れた。私は反応に困り、話の続きを促すことしか出来なかった。

「それで、どうなったのですか？」

「破門されました。そうして家に帰ったのですが、両親はまた別の修道院に私を送ろうとして――家から逃げ出してさ迷っている時、たまたま通りかかった建築中の建物が崩れて、その下敷きに……」

「それで亡くなられたのですか」

「ええ、たぶん。衝撃と痛みで気を失ったあと、次に気がついた時はこの世界にいました。初めは訳がわかりませんでしたが、そういえば事故で相手を死なせてしまった場合など、お詫びに異世界転生魔法をかけることがあると聞いたのを思い出しました。きっと、建築工事の注文主がそのように手配してくれたのでしょう。お墓を立派にしてもらうより、ずっと嬉しい心遣いでした」

異世界転生が過失致死のお詫びになる、という感覚が私にはわからないけれど……。でも本人は喜んでいるからいいのだろうか。

「だって、この世界は推しを応援することが当たり前のように許されているんですよ。《推し活》という言葉まであるんです。私はテレビで見たアイドルに魅了され、働いたお金を全部推しに注ぎ込みました。まったく惜しくありませんでした。友達になったオタク仲間はみんな同じだったからです」

──なるほど。樫田美穂さんの中にいる異世界人は、アイドルオタクの元シスターか。

そんなの、見ただけでわかるわけがない！　こうして話を聞いていても、まだちょっと頭の整理がつかない。だって半分コメディみたいな話じゃないか。

「でも先日、突然知らない男性に話しかけられて……私が異世界転生者だと知られていて……私が取ったコンサートのチケットは、本当は誰かのものだったのだと教えられて……」

樫田美穂さんは涙でぐしょぐしょになった顔で私を見た。

「私は己の罪を知りました。自分が、誰かの推しを見る権利を奪っていたなんて、誰かが買うはずだった限定グッズを横取りしていたなんて、許されないことです……！　神に背き、地獄に落ちる所業です。こんな自由な世界に生まれ変われて、推しを好きなだけ愛でられて、幸せだったけれど――私がこの世界にいるのは許されないことなのです！」

興奮した声と共に、樫田美穂さんの脳天から光る糸が飛び出した。

「今です！」

私がバックヤードに声をかけると、秋雨さんが飛び込んできて魂を引き抜いた。

「素直ないい子は好きだぜ」

秋雨さんは首から下げている鎖に魂を結び、続いて顔を出した若だんなも満足そうに微笑む。

「今回は本体の魂も暴走する前でしたし、スピード解決で何よりでした」

久美ちゃんも素直だったけれど、転生者本人が「ここにいてはいけない」と強く思えば、こんなにあっさり出て行ってくれるものなのか。

みんなこうなら苦労しないが、若だんなや秋雨さんのご機嫌な様子からして、駄々をこねる異世界転生者の方が一般的なのだろうと推察出来るのが厭だ……。

ともあれ、気を失っていた樫田美穂さんは、すぐに目を覚ました。そうして若だんなに謎の呪文をささやかれると、自分の足で帰って行ったのだった。

2

その後、私と若だんなは秋雨さんの買い物に付き合わされて、アミューズメント施設に併設されたショッピングモール巡りをすることになった。

「今日の仕事は早く終わったし、いいだろ」

別に好きにすればいいと思うが、なぜ私や若だんなも付き合わされるのかわからない。

……と思っていると、

「若、これ買ってくれ。――ああ、これも」

秋雨さんは気に入った服や靴を次から次へと若だんなに押しつけ、それを持ってお会計に行くのは若だんなだった。

「秋雨さんの買い物に、なんで若だんながお金を出すんですか?」

私の疑問に、

「だって俺、金持ってねーもん」

しれっと秋雨さんが答える。

「え、仕事の出張で来てるんですよね？　経費ありますよね？　個人的な買い物をしたいにしても、だったら自分のお小遣いで買うものじゃないんですか」

「ここが転生連加盟世界だったらな。通貨の両替も出来るから経費も小遣いも持ち込めるが、非加盟世界じゃな、両替出来ねーんだよ。転生連にこの世界の通貨がねーんだ」

「……じゃあ、ほんとに一文無しなんですか」

「稼ぐことも出来ねーしな。この世界で俺が金目当てに仕事をしたら、誰かの職を奪うことになる。その理屈は若から何度も説明されただろ？」

「……」

　そうだった。この世界で異世界転生者が買った物は、この世界の誰かが買うはずだった物。この世界で異世界転生者が就職したら、代わりにこの世界の誰かがお祈りメールをもらうことになる。当然、身体ごとやって来た異世界人も同じ影響を与えるということか。

「じゃあ、秋雨さんにお財布を渡して、これで好きな物を買え――というのも駄目なんですね」

　若だんなが頷く。

「そうですね。お金の出所がどこであろうと、異世界人が買い物をするということは、須らくこの世界の誰かの権利を奪うことになりますから」

「だから、仮に俺が金を持っていたとしても、使えねーんだよ」

飽くまで、若だんなが買って、それを秋雨さんにあげる、という体裁を取る必要があるわけか。だから秋雨さんの買い物には若だんなも付き合わなければならない。さらには若だんなの秘書である私も付き合わされている、と。

「つまり、秋雨さんはこの世界では若だんなに養われてるんですか」

「そういうことだな。若がいねーと、俺はこの世界で行き倒れるしかない」

「仕事なのに、何の手当ももらえずに異世界に出張させられてるんですか」

私は憮然とした。それ、かなりブラックな職場では？

「いや、給料はちゃんともらってるぞ。ただこの世界での活動資金は出ないというだけだ」

「……」

仕事をした分の給料は転生連からもらえて、この世界に滞在中の経費は若だんなに頼って、それなら秋雨さん的に損はないということか。でも、こちら側的にはどうなの？

「そもそも、異世界転生者がこの世界に迷い込んでくるのも、言ったら転生連の不手際ですよね？　加盟世界のやらかしというか。だったら何かこう、こっちの世界にお詫びというか……協力の報酬とか、そういうものはあるんですか」

「残念ながら……」

　若だんなが苦笑した。

「転生連から賠償金や協力金をいただこうにも、通貨の両替は出来ませんし、物でもらってもまた困ってしまいますしね。うっかり異世界の物をこちらに持ち込めば、世界のシステムに混乱が生じて、どこにどんな不具合が起きるか……」

「じゃあ完全に天紋堂の慈善事業ですか⁉　秋雨さんにかかるお金も、私に払う給料も、いろいろ事件を揉み消すための費用も⁉　転生連から清算してもらうことは出来ないってことですか！」

　憮然を通り越して呆れてしまった。

　この世界にとって、異世界転生者がどれほど迷惑な存在か、改めて思い知らされた気がした。

　探して見つけて説得して転生連に引き渡しても、一銭の得にもならない。でも儲けにならないからと言って放っておけば、異世界人に身体を奪われた人の魂があちこちで暴走を起こして大変なことになる。だから天紋堂は身銭を切ってサービス残業するしかない。

　私個人のことにしても、あれからまたたまごロールは売り切ればかりだし、通販の注文後品切れメールは続くし、相変わらず異世界転生者に権利を奪われ続けているようだ。

「おかしい……！　間違ってますよ！　こっちの世界が一方的に損してるだけじゃないですか」

この土地の前世見(さきよみ)である天堂(てんどう)家が資産家だったからよかったようなものの、そうでなかったらどうなっていたのか。もしかして、若だんなのお父さんが会社に泊まり込みで働き詰めなのって、慈善事業の資金を稼ぐためだったりして――。

と、その時、若だんなのスーツのポケットでスマホが震えた。

「少し失礼します」

若だんなは私にクレジットカードを渡してから、電話に出るため店の外へ出て行った。

「お嬢、これ買ってくれ。これも」

今度は私が秋雨さんの財布係になり、スタッズだらけの痛そうな服を押しつけられる。

「ついでにお嬢も好きな物買っちまえば？　若なら怒らねーって」

「だからその呼び方やめてくださいよ」

初めは「嬢ちゃん」と呼ばれていたのが、いつの間にか「お嬢」になっていた。

「あんたの名前、俺には発音しにくいんだよ。若の名前もな」

「流暢(りゅうちょう)な日本語喋(しゃべ)っておいて、そんなところだけ異世界人っぽさ出さないでください」

「若は別にどう呼ばれよーと気にしてないぜ？」

「あの人は元々、肚(はら)の内で何考えてるのかわからないんですよ。何を気にして、何をスルーしてるのかなんて、顔や態度で判断出来るタイプじゃないですから」

「なんかひでー言われようだな」

　秋雨さんは肩を竦(すく)めたが、私にとって若だんなは、傍(そば)で見ていれば見ているほど胡散臭(うさんくさ)さが増してゆく存在なのだ。

「大体、今日だって私があんな占い師コスプレする必要があったのか……。雰囲気作りだとかなんとか言ってたけど、さっきの人、私より若だんなと話をしたそうだったし、若だんなが話を聞いてあげた方が良かったんじゃないかな……」

「それはあれだ。ああいうタイプに若を深入りさせると、厄介なことになるんだよ」

「というと？」

「初めに転生事故のことなんかを事務的に説明してる間はいいんだけどな。大抵、そこから向こうが前世の身の上話を始めるだろ。肚の内はともかく、表面上は親切ぶって丁寧(ていねい)に話を聞くからさ、あいつ」

　……やっぱり秋雨さんの目からも、肚の内はともかくなんじゃないか。

「相手が女だと、妙な誤解されやすいんだな。『この人、私の不幸に寄り添ってくれてるわ――！』みたいに好感持たれて、そのうち執着されて、せっかく素直に出てくつもりでいたものも駄々をこねて居座られて、仕事が長引くんだよ」

「だから魔女の時も私に対応を押しつけた、と？」

「あんたについちゃ、いい人材を引き込めたって喜んでるぜ、若は」

「……もしかして、こないだアパートの前で初めて会った時、秋雨さんが若だんなと意味深な(いみしん)アイコンタクトを取ってたのって」

「あんたの話は聞いてたんだよ。魂を見る力がありそうだってことで、うまく仲間に引き入れられねーか、って言ってたからな」

「引き込むだの引き入れるだの、言い方がいちいち人聞き悪いんですけど……」

迷子の異世界転生者を保護して、この世界の人の被害を食い止めて、私たちはいいことをしているはずなのに、どうにもアンダーグラウンド感が拭えない(ぬぐ)。

「まあ、気に入らねーことはすべて異世界転生者のせいってことにしとけ。魂真っ黒にされながらも、あんたは頑張ってるよ」

「異世界転生推進しまくりの転生連の人に慰められても(なぐさ)」

私が拗ねて(す)横を向くと、秋雨さんも横を向いて言った。

「俺は別に、異世界に生まれ変わりたいと思ったことはねーけどな」

「え？」

「異世界転生なんざ結局のところ、逃げてるだけだからな。どんな事情があったにせよ、現実から逃げるのは俺の性分に合わねえ。だが、逃げられると追いかけたくなるのも俺の性分でね。この仕事自体は性に合ってるんだけどな」

　私はちょっと驚いて秋雨さんを見た。

「転生連の人はみんな異世界転生に肯定的なのかと思ったら、そうでもないんですね」

「俺は、単に異世界転移能力があって、稼ぎになるから転生連の就職試験受けただけだよ。給料いいからなー、転生連は」

　その稼ぎを天紋堂にも還元して欲しい。切に。

「でも、私も別に……異世界に生まれ変わりたいなんて思わないかな。というか、人生を何度もやり直したいなんて思わないですね。人の一生を生き切るのは大変なことだし、そんな苦行は一度で十分ですよ」

　気がつくと、電話から戻ってきた若だんなが後ろで目頭を押さえていた。

「まだお若いのに、そのような境地に達するとは……」

「だから、私をかわいそうな人を見る目で見ない！」

3

それから数日後、新たな被害者の所在が判明した。

「今度は小学生の男の子？」

「真田ユウくん、東小学校の五年生。ただし、中に入り込んでいるのは中年男性の魂のようですが」

「身体と中身の年齢が全然違うパターンもあるんですか」

「そもそもが事故の転生ですからね。こういうミスマッチは多いですよ」

「そうなんだ……。中身がおっさんの子供か……なんだかめんどくさそう」

私がつぶやくと、若だんなも苦笑して言う。

「大人の割に、分別はあまりなさそうですね。自分は異世界転生者だと触れ回り、周囲から失笑を買っているようです」

「うわぁ……」

「そういう奴はとっとと捕まえようぜ！　学校帰りを張ってれば一発だろ」

勇んで小学校へ向かおうとする秋雨さんを私は慌てて止めた。

「中身は中年のおっさんでも、見た目は小学生だから！　秋雨さんみたいな人が声かけたら、一発で不審者情報回っちゃうから！」

「誰が不審者だよ」

「その風体、知らない人からすれば立派な不審者です！」

白い髪もグレイの瞳も加工しているわけではなく、体格がいいのは罪ではないし服装センスも個人の自由ではあるけれど、やはりこういう人を小学生に接触させるのは不適切と言わざるを得ない。

「もちろん、若だんなも子供相手には胡散臭い人にしか見えないから駄目です！　スーツでも和服でもね！」

「つまり、ここは小毬さんの出番ですね」

「……まあ、お嬢が一番人畜無害そうか」

ターゲットが小学生だと聞いた時点で、結局こういうことになるのは覚悟していた。元より私は女性と子供担当要員なのだ。

とはいえ、いくら私が無害そうなお姉さんキャラでも、このご時世、見知らぬ小学生に声をかけるとなれば慎重な立ち回りが求められる。

私は若だんなのコネで東小学校学区の《こども見守り隊》に潜り込み、黄色の反射材がべたべた貼られた帽子とパーカー姿で通学路の横断歩道脇に立った。下校時刻の子供たちの安全を見守りながら、どさくさ紛れにターゲットと接触する算段である。

若だんなから写真をもらっているので、真田ユウくんの顔はインプット済みだ。続々と下校してくる子供たちの中に、水色のランドセルを背負った少年を見つける。あの子だ。ラッキーなことに、友達連れではなくひとりで歩いており、しかも途中で空き地に寄り道してランドセルの中をごそごそやっている。

チャンスだ！　とばかり私はユウくんに近づいた。

「こんにちは。ぼく、どうしたの？　学校に忘れ物でもした？」

こちらを見上げたユウくんは、色白で黒目がちの美少年だった。睫毛なんかバサバサで、写真で見るより数倍美形だった。

こ……こんな天使のような美少年の中に、おっさんの魂が……!?

許されないことだ。一刻も早く追い出さなければ。それが私の使命……！

己の任務を強く心に刻む私に対し、ユウくんはぶっきらぼうに言った。

「封魔の呪文を書いた紙を探してるだけだよ」

「え？」

「この空き地は魔物が湧き出す場所なんだ。早く封じないと、世界が滅んでしまう。オレはこの世界を救うために異世界から転生してきたんだ」

……大分痛いおっさんだった。

額(ひたい)がずくずくと痒(かゆ)みを訴える。アレルギーが強く反応している。

「えぇと、そっかー。あなたは異世界から転生してきたのね？　すごいなあ」

とりあえず私が話に付き合うと、ユウくんは意外そうな顔をした。

「おばさん、オレの話を信じるのか？　みんな、異世界転生なんてゲームやアニメの話だろって言って信じてくれないのに」

おばさんと呼ばれるのはちょっと早いかな……と不満を籠(こ)めて、私は目深(まぶか)に被(かぶ)っていた帽子を取った。

「うん、お姉さんはね、駒月(こまづき)小毬といいます。異世界転生者の問題に対処する仕事をしてるんだー」

中身はおっさんでも見た目は子供。言葉遣(づか)いに迷いながら、結局、子供相手の口調になってしまう。

「異世界転生者の問題？　なんだよそれ」

ユウくんは警戒の表情を浮かべる。

「あのね、お姉さんは《前世管理委員会》の《異世界転生者問題対策室》というところで働いていて、転生事故でこの世界に来てしまった人のケアをしてるのね」

「事故？」

「そうなの。この世界は本来、異世界転生を受け入れないシステムになってるのね。それなのに間違えて転生して来てしまう人がいて、そういう人は転生連に保護してもらうことになってるの」

「──嘘だ！」

ユウくんは険しい目で私を睨んだ。

「オレはちゃんと異世界転生保険の加入料を払って転生したんだ！　事故なんかじゃない！　これは正当な転生だ！」

「異世界転生保険？」

なんだそれは？

初めて聞くワードに私が戸惑っている間に、ユウくんはさらに言い募る。

「──わかったぞ、おまえは魔王の手先だな!?　オレをこの世界から追い出そうとするのは、オレが英雄に成長するのを恐れているからだろう！　その手に乗るもんか！」

ユウくんはランドセルを抱えて走り去ってしまい、私はその場で頭を抱えた。

どうしよう、ＲＰＧ脳のおっさんが美少年に取り憑いてる――。

4

天堂家に帰った私は、今日の首尾を若だんなと秋雨さんに話した。

「やはり簡単には納得してくれませんか……」

「保険絡みは、転生事故を受け入れない奴が多いんだよなー」

腕組みをして唸るふたりに、私は訊ねた。

「それで、その異世界転生保険って何ですか？　何の保険？」

「文字通り、異世界転生の保険ですよ。こちらにとっては頭の痛い商売ですが」

若だんなの返事の後を引き取り、秋雨さんが説明してくれた。

「異世界転生が一般化してる世界になると、転生斡旋業者って奴もいてな。希望者に魔法使いを紹介したり、転生装置のある会社を紹介したり、その手数料で稼ぐ連中だな。さらに発展すると、異世界転生保険なんてのも生まれて、予め希望を言って保険に加入して、死んだら望み通りの世界へ転生出来ますよーってわけだ」

「そんなことが可能なんですか!?」

「まあ、ほとんどが杜撰な仕事だな。『来世は薔薇色の異世界で！』なんてうまいこと言って客から金を巻き上げて、適当な異世界転生をさせる。よその世界へ転生させちまえばこっちのもの、行き先が希望通りでなかったとしても今さら生き返って戻ることも出来なけりゃ、元の世界を狙って転生し直すのもまず難しい。だからクレームが入ることもねーし、お客様満足度ナンバーワン、なんて宣伝もし放題。悪徳業者のやりたい放題だよ」

「えー、ひどい！　詐欺じゃないですか！」

「転生者からすれば、金を払って希望のコースを選んでるのに転生が失敗したなんて信じたくねーんだろな。余命宣告されてから全財産払い込んで、自分の夢の世界を希望する奴も多いからな。ここは自分が思ったような世界じゃない、おかしい、って本当は気づいてるくせに、そこから目を逸らすんだ」

「強がりなのかプライドなのか、厄介ですね……」

「だからこっちがいくら事故だって説明しても、出て行きたがらねー奴が多くて困る」

「まずその保険会社とかの悪徳業者をなんとかしないと、根本的な解決にならなくないですか？　転生連は対策してないんですか？」

「いくら規制を厳しくしても、法の目を掻い潜った闇業者が現れて、鼬ごっこなんだよ」

「……そういうのって、どこの世界のどういう業界も同じなんですね。しかも悪いことを考える人って、無駄に適応力あるし。その能力をもっと世のため人のために使えばいいのに……」

私はため息を吐いてから、ユウくんの顔を思い出した。

「でもあのおっさんの場合、保険がどうこうというより、魔王がどうの英雄がどうのとＲＰＧかぶれしてることの方が問題のような気がするんですけど。この世界で魔王討伐を叫ばれても、そんなのいませんし」

「勇者願望の中年男か。めんどくせーな」

「ですが、身体が子供なのが心配です。《器》と魂の年齢差が大きくなると、力関係としてどうしても年長の方が強くなりますし」

「本体の魂の抑圧度合いが、より強くなるってことですか」

「早く転生者の魂を追い出さなければ、身体に支障が出るか、本体の魂が押し潰されるか……」

「おっさんが美少年を押し潰すなんて許し難き所業ですよ！　早くユウくんをおっさんから解放しないと！」

5

翌日、私はまた《こども見守り隊》に扮して下校中のユウくんに近づき、声をかけた。

だが完全に敵と見做され、美少年からばっちいものでも見るような目を向けられてしまった。お姉さん悲しい。

「前世管理委員会ってなんだよ！　異世界人の前世を管理するつもりか？　そんなの悪の組織じゃないか！」

「や、どちらかというと私は、その続きの《異世界転生者問題対策室》の方の仕事で来てるのね」

「異世界転生者を取り締まろうっていうんだろ⁉　それが悪の組織じゃなくて何なんだよ！　異世界転生は誰もが持つ最低限の権利だろ！」

「あなたがそういう世界から来たのはわかったんだけど、この世界はそうじゃないのね。ここでは異世界転生なんてフィクションの話だし、そんな魔法も装置もないし、もちろん最低限の権利でもないのよ」

「そんな世界があるわけないだろ！　本当は異世界転生の手段があるのを、悪の組織が隠して世界中を洗脳してるんだ。この世界から逃げ出したり、異世界に救けを求めさせないようにしてるんだ！」

その思い込みは一体どこから……。

私は苦笑いすることしか出来なかった。

こちらからすれば、異世界転生が当たり前の世界なんて、「そんな世界があるわけないだろ！」だ。でも世界が違えば常識も違う。仕方なくこっちはそれを受け入れて、異世界転生ありきで話をしているのに、大人だったらもう少し冷静に建設的な話し合いが出来ないものだろうか。

私は深呼吸してから口調を改めた。

「あの――あなたのことはよくわかりませんが、年齢としては大人なんですよね？　でもこの子の身体は小さい子供なんです。このままあなたの魂がこの身体を乗っ取ったままだと、ユウくん本人が持たないかもしれないんです」

「そう言って子供の身体を楯にして、オレを追い出すつもりだろう！　その手は喰わないって言ってるだろ！」

「楯にしてるわけじゃなくて、本当にあなたがユウくんの身体を不当に乗っ取ってるだけなんですよ」

「不当だと⁉」

何やらまずいスイッチを踏んでしまったようだ、と気づいた時には遅かった。美少年の皮を被(かぶ)ったおっさんが唾(つば)を飛ばして怒鳴り始める。

「オレは知ってるんだ！　この世界には、裏ですべてを操る悪の組織がある！　みんな気づかないうちに洗脳されてるんだ！　でもオレは真実を見破った！　ネットでそういう仲間も見つかった！　オレは仲間と一緒にこの世界を救うんだ！」

うわぁ……異世界から来たおっさんがネットの陰謀論に染まっちゃってる。ものすごく面倒臭(くさ)い。どうしよう。これが仕事じゃなかったら脱兎(だっと)の如(ごと)く逃げ出したい。

本気で困る私の顔を見て、おっさんは一度口を噤(つぐ)んだ。かと思うと憐(あわ)れみの目を私に向けた。

「……あんた、悪の組織に利用されてるんだな」

「え？」

「悪いことは言わない、そんなところからは抜けて、こっちの仲間になれよ」

「は？」

「魔王の手先だったことを恥じる必要はない。人間、悔い改めれば、どこからだってやり直せるんだ。オレたちの仲間になって、一緒に世界を救おう」

「……」

この思い込みの激しさは、一体どうなっているのか。なんと返事をしていいのかわからず、呆然と立ち尽くす私に、

「その気になったらいつでも来いよ。一緒に英雄になろうぜ」

美少年ユウくんはとびきりの笑顔を見せて帰って行ったのだった。

それからというもの、横断歩道で交通安全の旗を持って立つ私にユウくんの方から声をかけてくるようになった。

「あんた、魔王の手先っていってもどうせ下っ端だろ？　ラスボスの居場所なんて知らないよな？」

いや、この世界にラスボスのいるダンジョンなんてありませんて。

「そのデコ、どうしたんだよ。ご主人様に殴られたのか？」

いや、異世界転生者アレルギーで赤くなってるだけです。つまりあなたのせいです。

「待遇悪そうだな、そんな組織は早く見切りを付けた方がいいぞ」

「……」

初めの頃とは一転して懐かれたような感じにはなったが、自分の思い込みを垂れ流すだ

けで、こちらの話を聞かないのは相変わらずだった。これが見た目通りの小学生なら、まあ子供だし……で済むが、いい大人がこれだと思うと、暗澹たる気持ちになる。

何より、中身が大人だからこそ、とんでもないことをしでかしそうで怖い。陰謀論への傾倒が高じて、大物政治家の事務所とか宗教団体の本部とか、海外要人の来日に突撃しちゃったりしたらどうしよう。せめて若だんなの揉み消しが通用する相手へのおいたで済ませてくれると助かるんだけど。ていうか、どのレベルまで天堂家の権力は通用するんだろう。

ちなみに若だんなはユウくんの家の監視役を担当している。

天堂家に帰宅した私が母屋の居間で待っていると、少し遅れて若だんなが帰ってきた。

「今のところ彼は、学校から帰ったあとは家でゲームを楽しむ日々ですね。母親からしょっちゅう『ゲームばっかりやってちゃ駄目よ！』と叱られる声が聞こえてきます」

「でも、部屋でごろごろしてるように見せて、実は何か厄介な計画を練ってたら……」

「こっそり部屋を覗きましたが、武器や爆発物の類はありませんでしたよ」

「え、どうやって部屋覗いたんですか！　隠し身ってやつですか」

私にはいつも若だんなの姿が見えているけれど、時として若だんなは透明人間のようにもなれるらしい。人から見えなくなってターゲットの監視や調査をするのだ。結界とやらも張れるし、人の意思を操るようなこともしてのけるし、それは一体どういう能力なのか。

「天堂の家の力ですよ」

何の説明にもなっていない。なっていないが、頼るしかない時もある。

「――若だんな、ちょっと手を握ってもいいですか」

「はい？」

目をぱちくりとさせる若だんなの右手を私は両手で包み込むように握った。

「小毬さん？」

「んー……何も見えない……」

魔女の事件の時は、アパートが燃える幻が見えたのに。若だんなに触れれば、これから起こるかもしれない事件が見えるんじゃなかったのか。

触り方が甘いのか。握り方が弱いのか――

「お、悪いところに来ちまったか？」

「え」

襖を開けて顔を見せた秋雨さんの声で我に返れば、目に入ったのは私が若だんなの手を熱烈に握っているという図だった。

「わ……っ、すみません！」

慌てて手を離す。

「前に若だんなの手が触れた時、予知みたいなものが見えたんで、今度も何かおっさんのやらかしが見えないかなーって思って……」

「それで、見えたのか?」

私は頭を振る。

「それが、なーんにも。もっと直近にならなきゃ見えないのか、あるいはもっと本人に近づかなきゃ駄目とか……? でも前の時は、駅と私のアパート、結構離れてたし……?」

秋雨さんは肩を竦めながら私の斜向かいに腰を下ろし、胡坐をかいた。

「要はな、口だけなんだよ。異世界へ転生して気が大きくなって何か出来る気でいるが、実際は何もしないし出来ない。そういう奴は山ほど見てきた。だから四の五の言わせず一発殴りつけて、取っ捕まえちまえばいいんだよ」

「ってそこで秋雨さんが力業に出ると警察沙汰になっちゃうから!」

「若に揉み消してもらえば済む話だろ」

「それ悪役の思考だから!」

一頻り秋雨さんを諭してから、私はため息を吐いた。

「なんとかちゃんと本人を納得させて穏便に出て行ってもらいたいんですけど……とにか

く思い込みの激しい人で。この世界は異世界転生者お断りの世界だ、っていくら言っても、『そんな世界があるわけない！』って信じないいんですよね。ここみたいな世界、そんなに珍しいんですか？」

「いや、普通にあるぜ。異世界人対応システムがなくて、転生連に加盟してない世界なんて山ほどある。この世界が特別ってわけじゃない」

秋雨さんがあっさり答えた。

「そうなんですか？　じゃあ、あのおっさんが無知なだけ？」

「ただ、異世界人が身体ごと来ようと魂で来ようと、世界を救おうと滅ぼそうと、頓着なく受け入れる世界も山ほどある、ってだけだ」

「なるほど」

両方のパターンが普通に混在している、と。

「でもそれ……すごいですよね。転生連に加盟してる世界では、異世界人が買い物しようと就職しようと、元々の世界の人が損をするってことはないんですか」

「そうだな。イレギュラーな存在が何をしようと、世界のシステムには一切支障が生じない――そんな世界も多い。だから気軽に新天地を目指す感覚で異世界転生が盛んになるわけだけどな」

「よその子供も可愛がる世界と、自分の子供しか可愛がらない世界か……」

どちらの方が正しいとか間違っているとか、そういう問題でもないのだろうけれど。

「――とにかく、このままじゃ埒が明かないんですけど、あのおっさんどうします？ 何もしないでごろごろゲームしててくれるならいいってわけでもないですよね」

そうしているうちにも、ユウくんの身体と魂は抑圧されて負荷がかかり続けているのだから。

私の訴えに若だんなが答えた。

「仕方がありません。少し餌を撒きましょうか」

「餌？」

それからしばし待つよう若だんなに言われて数日が経ち、うららかな日曜の午後。

天堂家の居間で私と若だんなと秋雨さんはおやつの豆大福を食べていた。家政婦のふみさんの手作りである。とても美味しい。

「ユウくん大丈夫かな……」

あのあと、若だんなは一体ユウくんに何をしたのやら、「しばらく待てば片が付きますよ」の一点張り。私は見守り隊を辞めさせられ、ユウくんとは接触出来ずにいる。若だんなと秋雨さんも、時々ユウくんの家の様子を見に行くだけで、基本は自宅待機である。

「監視してもしなくても変わらねーんだよ。学校に行ってる時以外は、ずっと家でゲームだからな」

「やっぱりあのおっさん、明日から禁酒する、明日からダイエットする、とか言っていつまで経っても実行しないで、いよいよまずいことになったら人のせいにしたり社会のせいにしたりするタイプのアレだったのかな……」

「まあ、それだな」

「どれにしますか？」

若だんなが出前のメニューを差し出した。

「ちょっと。こっちの話聞いてました？」

「今日はおやつの支度(したく)までふみさんが早上がりなので、夕食は出前を取るしかないんですよ」

「外に食べに行くという選択は？」

ユウくんの家から細い通りを二本隔(へだ)てた辺りに、ファミレスがあるはずだ。そこに行ってみるというのはどうだろう、という私の提案に、

「いえ、今日は――」

若だんなが何か言いかけた時、庭でカランカランと乾いた木の音が響いた。

6

何事かと障子を開けて庭を見れば、縄でぐるぐる巻きにされたユウくんが芋虫のように転がっていた。カランカラン鳴っているのは庭木に吊るされたたくさんの木の板である。何か時代劇で見たことがあるような仕掛けだ。この庭にこんな罠が仕掛けられていたなんて知らなかった……！

「何だよこれ、ここ忍者屋敷かよ!?」

まんまと罠にかかった、という絵面のユウくん――いやおっさんが転がったまま、がなり立てる。

なぜここにこの人がいるんだろう。自分から来るなんて、身体から出て行く気になった？　でも天堂家が《異世界転生者問題対策室》の本部だなんて教えてはいないのに、どうしてここに？

私は訳がわからないながらも、ユウくんの縄を解こうと庭に降りようとして、秋雨さんに止められた。

「せっかく捕まえたんだ、簡単に放すんじゃねーよ」

「でも、身体はユウくんだし、こんな乱暴な」

「あの縄は、特別暴れなければ身体に傷は付きませんよ」

と若だんなが言っている傍から、おっさんは全身をくねらせて暴れる。

「この縄を解けよ！　ここがこの町を牛耳る悪の組織の根城だってことはわかってるんだからな！　そこの姉ちゃんだって、無理矢理攫ってきて組織の手下にしてこき使ってるんだろう！　オレには全部わかってるんだ！」

「——え、私？」

攫われてきてもいないし、囚われてるわけでもないし、家政婦のふみさんがなんでも世話をしてくれるので、上げ膳据え膳のいい暮らしさせてもらってますけど……。

私がきょとんとしているのを見て、おっさんはさらに興奮する。

「洗脳されてるんだ！　自分が悪の手先にされてることに気づいてないんだ！　だからオレが救け出しに来てやったんだ！」

「え、私を救けに？」

それで天堂家に忍び込んで、罠に？　いや、でも私がここに住んでることをなぜ知ってるんだろう？

おっさんの行動にはわからないことが多いが、たぶん若だんなが撒いた餌とやらに喰いついた結果がこれなんだろうな、というのはわかる。

「あの……とりあえず落ち着いて話をしません？　それ、暴れると痛くなる縄みたいなんで、あんまり動かない方がいいと思いますし」

私が宥めるようにおっさんに話しかけると、秋雨さんが庭に降り、ユウくんの胴体の縄だけ解いて手足は拘束したまま、近くの庭石に座らせるような格好にさせた。

「これでいいだろ。全部解くのは話が済んでからだ」

「や、これも十分人が見たら警察に通報されちゃう図なので、もうちょっとなんとか――」

「誰もここは覗けねーよ、若がシールド張ってるんだからさ」

交渉の結果、拘束は足だけになった。私としては、ユウくんの身体に傷を付けたくない一心なのだが、中にいるおっさんはふてぶてしく私たちを睨んだ。

「オレに何の話があるっていうんだ。オレに洗脳は効かないぞ！」

洗脳が効かないのはいいけど、人の話を聞かないのはどうにかして欲しい――。私と同じことを思ったのか、秋雨さんが拳を振り上げておっさんを脅した。

「黙って話を聞かねーと、本気で殴るぞ」

見るからに破壊力のありそうな拳を見て、おっさんが口を噤む。そこにすかさず若だんなが縁側を降り、おっさんに名刺を差し出した。

「わたくし、こういう者でございます。まあ、前世管理委員会の、小毬（こまり）さんの上司ということになりますか」

　おっさんは胡乱（うろん）そうな目で名刺を一瞥（いちべつ）し、そのままポイと捨てた。

「さて、いろいろ誤解があるように見受けますので、初めから事情を説明させていただきます」

　若だんなは、現在異世界転生事故多発中であること、この世界は転生連（てんせいれん）非加盟であること、転生連に保護されれば転生のし直しが出来ることなどを噛んで含めるように説明した。

　私も何度も話したことだが、やはりおっさんは若だんなの言葉も信じようとしなかった。

「だから、その手は喰わないって言ってるだろ！　オレをこの世界から追い出そうとするのは、オレがいたら都合が悪いからだろう！　オレこそがこの世界を悪から救う英雄になるからだ！」

　確かに、この人がいたら都合が悪い。でもそれはこちらが魔王の手先だからではないし、英雄が邪魔だからでもない。異世界転生者によって権利を奪われる人間がいるからだ。ユウくんの身体に危険が及ぶからだ。

　そのことも何度も説明しているのに、わかってくれない。

私はため息を吐きながら庭に降り、おっさんに近づいてぎくりとした。近くで見ると、ユウくんの黒々とした髪には白髪が交じり、肌の様子も小学生とは思えないくたびれ具合だった。ちょっと見ないでいた数日の間に、美少年が劣化している……！

「わ、若だんな、これはもう一刻の猶予もないですよ、このままじゃユウくんが……！」

思わず若だんなの腕に縋るも、やはり以前のような予知は発動しなかった。目の前にはユウくんの皮を被ったふてくされたおっさんが見えるだけである。

「……つまりこの人、本当に口だけで何も出来ない人……？　ただただユウくんの魂を抑圧して、暴走も出来ないほど弱らせて、やることと言ったら家でゲームか、ノープランでここに乗り込んでくることくらい……？」

心の声がつい外に漏れていた。おっさんが耳聡く反応する。

「誰が口だけだ！　誰がノープランだよ」

「じゃあ具体的にあなたには何が出来て、どんな計画があるの？」

私の問いに、おっさんは一瞬言葉を詰まらせてから答えた。

「そんなこと、悪の組織に明かせるわけないだろ！」

この人、飽くまで強気だけど、簡単に罠にかかって捕まっている自分の状況が見えているのだろうか。完全に間抜けなこそ泥状態なんだけど。

残念なものを見る目をしてしまう私に、おっさんは噛みつくように言う。

「オレは、異世界転生保険の英雄コースに加入したんだ！　そのために全財産叩いたんだ！　だからオレはこの世界で英雄になることが約束されてるんだ！」

「そりゃーおまえ、悪徳業者に騙されたんだよ」

秋雨さんがあっさり言う。

「金を払うだけで異世界の英雄になれたら苦労しねーや」

「それが出来るのが異世界転生保険だろう！　オレは異世界に夢を懸けたんだ！」

おっさんは目を血走らせて語り始めた。

「──オレはこれまでずっと、ハズレだらけの人生だったんだ。こっちの世界風に言うなら、親ガチャに外れ、就職ガチャに外れ、上司ガチャに外れ、うだつの上がらない人生だった。挙句病気になっちまって、余命宣告までされた。

死ぬ前に、貯金を叩いて異世界転生保険に加入した。転生メニューは英雄コースを選んだ。そう、オレの人生がこれで終わるなんて、間違ってる。オレの人生はこれからが本番なんだ。異世界に転生して、そこから本当のオレの人生が始まるんだ──」

どうしよう、おっさんの痛い自分語りが始まってしまった。でもこれが少しは発散になるなら、素直に聞いてやれば気も落ち着くかもしれないし、ひとまず静聴しておくか──。

若だんなと秋雨さんも同じことを思ったようで、黙っておっさんの話を聞いている。

「死んだあと、気がついたら子供の身体になってたのには驚いた。しかも剣士でも魔法使いでもない、ごく普通の家の子供だ。でも考えてみれば、平凡な少年が使命に目覚めて勇者になるというのは定番のパターンだ。なるほどそれだな、とすぐわかった」

なーにが「それだな☆」だ。ああ、突っ込みたくてたまらない。

「でも、オレに倒されるべき魔王はどこにいるんだろう？　親に訊ねたら、『何のゲームの話？』と訊き返されるし、学校の友達に訊いても、『どのゲームの魔王？　どのアニメ？　どの漫画？』と訊き返される。

この世界にはそんなにたくさん魔王がいるのかと驚いたが、皆が言っているのはすべて作り話の中の魔王だった。オレが探しているのは本物の魔王だ」

だからこの世界に魔王なんていないんですって。

「とりあえず、学校から配布されているタブレット端末でネット情報を調べた。どうやらこの世界の魔王は、存在自体が隠されているようだ。世界の裏側からすべてを操っている。この世の悪はすべて魔王が生み出しているんだとわかった」

学習端末でどんなトンチキサイト見ちゃったのよ一体。

「とはいえ、この世の闇を暴くのは、オレひとりでは難しい。オレを魔王のもとへ導いてくれる賢者や、戦いをサポートしてくれる存在が必要だ。でもこの世界はこんなに異世界が舞台の作り話に溢れているのに、オレが異世界から転生してきたと言っても誰も信じてくれない」

それは周りのみんなが賢明なんですよ。

「オレにはわかった。これも魔王の仕業なんだ、って。異世界からやって来る英雄を信じないよう、世界中の人間に術がかけられているんだ。みんな洗脳されてるんだ」

だからなんでそういう発想になるのかなあ。

「――仕方がない。周りが誰も信じなくても、実際に魔王が姿を現し、オレがそれを倒してみせれば、皆がオレに感謝する日が来る。英雄の道のりは孤独なんだ。だから魔王の生態を調査するため、オレはロールプレイングゲームの続きを進めた」

はい？　ゲーム？

「オレはまだ子供の身体だ。実際の戦いに身を置くには体力がなさ過ぎる。身体が成長するまで、知識を蓄えることに時間を使うことにした」

それは単にゲームで遊んでるだけじゃなくて？　ラスボスのステータスやギミックなんてゲーム作品それぞれだし、いくらゲームを周回したって、自分の剣の腕は上がらないし魔法を使えるようにもなりませんよ。

「魔法の呪文は全部メモして、敵の弱点もノートに網羅した。戦いの旅に向けて、準備は着々と進んでいた」

ゲームの世界と現実が完全にごっちゃになってるけど本気ですか、このおっさん。それとも他の世界ではこういう感覚が普通なんですかそうなんですか。

完全に引いている私に、おっさんの視線が向いた。

「——そんな時、あんたに声をかけられたんだ。すぐにわかった。この女は魔王の手先だ、って。オレの成長を阻むために、魔王が動き出したんだって。でもあんたが利用されてるだけだってのもすぐわかった。だから救け出してやらなきゃと思ったんだ」

この人、すぐに「わかる」けど何もわかってない。面白いくらいすべてが見当違いだ。

「まずはあんたがどこの誰かを調べるところから始めれば、魔王の居場所にも繋がるかもしれない。そう思っていたら、隣のクラスの事情通の女子が教えてくれたんだ」

事情通の女子。何だろう、その心強くも信用ならないワード。

「あんた、この町では運が悪いことで有名なんだろ。今は天紋堂ってところに雇われて、住み込みでこき使われてるって。その女子のばあさんが天紋堂の社長の家で家政婦をしてて、いろいろ悪事を見ちまってるらしいってこともこっそり教えてくれた」

事情通の女子、ふみさんの孫か！　そういえば小学生だと言っていた。

「それと、次の日曜はばあさんが午後から休むよう命じられてて、何か見られたらまずい客でも呼ぶのかもしれない、なんてことも言ってた。それでだんだん話が見えてきたんだ。天紋堂——天堂家はこの町の権力者だ。なるほど、そういうことか。この町に巣食う悪、天堂家からあんたを救い出すのがオレの最初のクエストなんだ——」

うん、私にも話が見えてきた。何も事を起こさないおっさんを誘き出すために、若だんなはふみさんの孫を使って餌を撒いたのか。

「——それで、誰か怪しい客が来るらしい日曜の午後に天堂家へ忍び込んで、悪事を突き止めつつ私を救け出そうとして現在に到る——というわけね？」

私はため息を吐いた。

口では大きなことを言うけれど、実際にやってることは家でゲームだけ。かと思えば、ネットや同級生の伝聞情報を真に受けて、衝動的に家宅侵入に及ぶ。およそいい齢をした人間の行動じゃない。でもだからこそ、若だんなの撒いた餌にまんまと喰いついてくれたと言える。若だんなも、相手の程度を読んだ上でこういう餌を撒いたのか。

その若だんなはといえば、素知らぬ顔で首を傾げ、

「今日は来客の予定はありませんねぇ。まあ、思いがけぬ来客はありましたが」

と言っておっさんを見る。

「今日誰も来ないからって、おまえらが悪の組織じゃない証拠にはならない！」

いい加減しつこいおっさんに、私はうんざりしながら訊ねた。

「ずっと気になってたんだけど、あなたの言う『悪の組織』って具体的にどんな悪事を働く組織なの？　そいつらがこの国にどんな損害を与えてるの？　世界にどんな影響を与えてるの？」

「だ……だから、世界を征服するための悪事だよ！」

「それって具体的にどんな悪事？　あなた、新聞読んでる？　国会中継見てる？　この国が今抱(かか)えてる問題を言える？　世界の紛争や難民問題の解決策をどう考える？」

「だから、魔王を倒せば全部解決だよ！　そうすれば手下の悪党もみんな消えて、世界は平和になるんだ」

私は大きく肩を動かしてため息を吐いた。

「なんかもう……。本当の小学生なら、子供の言うことだからって笑って許すけど、いい齢をした大人がこれはひど過ぎる……」

「魔王の手先に許してもらうことなんか何もない！」

「何が魔王よ、そんなものこの世界にいないわよ！　現実逃避もいい加減にしなさい！」

私が叱(しか)りつけると、おっさんは顔を真っ赤にして私を睨んだ。

「と、逃避だと⁉」

「そうじゃなかったら何だって言うの？　長々とあなたの痛い話を聞いてあげた代わりに、ちょっと私の話も聞いて欲しいんだけど」

「痛いってなんだよ！　オレはな――」

反論するおっさんを無視して私は勝手に喋り始める。

「あのね、よその世界に異世界転生魔法とか装置とかがあって、異世界転生なんて珍しくなくて、そういうのを斡旋する商売もあるって知ったのはつい最近で、これは私の勝手な想像というか、心配事なんだけど――。

異世界転生がそんなにお手軽になっちゃったら、今頑張らなきゃ、ここで踏ん張らなきゃ、というのがなくなっちゃうんじゃないの？　少しでも自分の思い通りにならなかったら、残りの人生はもう消化試合で流して終わって、次に別の世界で生まれ変わったら本気出す、みたいな考え方にならない？　それじゃ、逃げ癖が付くだけで、いつまで経っても人間的成長が望めなくない？

その上、自分だけじゃなく他人の人生も軽く見ることになるんじゃないかって、そういう世界の治安がすごく心配なんだけど。つまり、『今回の人生は運がなかったな、来世で幸せになりな』とか言って簡単に人を殺すようになったりしない？

もっと言うなら、戦争や災害が起きて大量の難民が生まれても、莫大な人件費や物資を使って救済するより、見殺しにしてまとめて異世界転生魔法をかけて、次はいい世界に転生してね、ってやり方が横行したりしない？　なんか全体的に人の生き死にの扱いが雑になりそうで、怖いんだけど」

「はははは！　やっぱりさすがだな、お嬢」

秋雨さんが笑いながら拍手をしてくれる一方で、おっさんの表情が明らかに暗かった。

これは図星を指された顔だ。

「……もしかしてあなたの前世の世界って、本当にそんな感じになってるの？　それでいいの？　私の感覚だと、それ大問題だけど」

俯いてしばらく無言だったおっさんは、やがて顔を上げて大声で言った。

「それでも、オレは異世界に転生した！」

「え？」

おっさんは、ユウくんの綺麗な貌を歪ませながら語る。

「――病気がわかって余命を宣告されて、急いで異世界転生保険に入った。それからすぐ、魔法事故に巻き込まれたんだ。オレの職場の近くの殺虫剤工場で毒霧魔法が暴走して、辺り一帯毒霧に包まれて真っ暗だ。逃げ遅れたオレたちは救助を待ったが、半分無理だともわかってた。ここまで蔓延した毒霧を打ち消すのも、救助隊を派遣するのも、助かった人間全員解毒するのだって、手間と費用がとんでもなくかかる。

　結局、国のお偉いさんの判断は、危険区域の封鎖。毒霧が自然に薄れて晴れたあと、犠牲者には異世界転生魔法をかけてやる。それが国からの見舞いということになるんだとさ」

「見殺しにされたの……!?」

　普通に病死したのかと思ったら、まさかそんな死因だったとは。私の懸念をまさに体現している人が目の前にいたとは。

「でも、すでに異世界転生保険には入っていたんでしょう？　その上にまた魔法をかけられたら、転生魔法が二重にかかっちゃうんじゃ？」

　おっさんは首を横に振った。

「異世界転生魔法は、先にかけた方が優先されるから、後の方は無効になる。だから転生のコースを変えたいなら、先にかけた魔法を解除する手続きが必要だって保険会社で言われたよ」

　なんだかその手続き、すごい手数料を取られる気配がぷんぷんする……。

「うーん……私には理解が難しい話だけど、つまり異世界転生魔法って、保険として生前に予約状態の魔法をかけておくことも出来るし、死んでからかけてもまだ間に合うってことなのね？」

「世界それぞれの転生システムにもよるが、死後一定期間は有効ということが多いな」

答えてくれたのは秋雨さんである。

そういえば、こないだのアイドルオタクの元シスターも、事故死して、相手がお詫びで転生魔法をかけてくれたと言っていた。個人や国が、お詫びやお見舞いで人を異世界転生させる。……いや、やっぱり私にはわからない世界だ。

そのわからない世界から来たおっさんが、私を睨んで言う。

「だから、国がどんな転生先を設定したのか知らないが、先に自分の意思で加入した異世界転生保険の方が優先されてるはずなんだ。オレは英雄になれるんだ！」

「英雄……」

また不毛な問答が始まりそうでうんざりしつつ、私としても言ってやりたいことがどんどん出てきて、おっさんが口を開く前に先手を取って訊いた。

「確認したいんだけど、あなた、英雄になりたいのよね？　だったらまず、普通に自分の世界で生まれ変わって、自分の世界の問題を正すのが先じゃないの？　自分の世界を救った上で、余力があればよその世界にも目を向ける――それが順序ってものじゃないの？

自分の世界を救いもしないで、よその世界を救ってやろうという料簡は何？　目の前の問題を解決出来ないのに、よその世界なら救えると思う根拠は何？　異世界で生まれ変わった途端、何かよくわからないとんでもない力が目覚めるとでも？　それが現実逃避じゃないなら何だって言うの」

　おっさんは顔を真っ赤にして口をパクパクさせたあと、早口に叫んだ。

「い、異世界転生保険は、そういうのを売りにしてるんだ！　転生先で英雄になれるというコースがあって、そういうサービスがあるからオレはそれを利用しただけだ！」

「保険会社のサービスでなれる英雄って何なのよ。それ、嬉しいの？」

　私は呆れ顔をしてみせる。

「《英雄》なんて称号は、行動の結果でしょ？　称賛されるべき行いをして結果を残したから英雄と呼ばれるようになるんでしょ？　生まれ変わった世界の問題を直視もしないで、ただ家でごろごろゲームして、良き時が来たら力が目覚めて、英雄に変身出来るとでも？　それが保険会社のサービスだから？　小学生だってそんなアホらしい妄想しないわよ」

「も、妄想だと」

「そうでしょ。そもそも異世界転生って、自分に都合のいい世界を新規作成してそこに生まれ変わらせてもらうものじゃないでしょ？　異世界へ転生させる魔法はあるとしても、異世界を創り出す魔法なんてさすがにないでしょ？　あなたが生まれ変わる先の世界はあなたが生まれる前からあるもので、その世界のシステムに沿って動いていて、決してあなたのために用意された世界じゃない。そこのところ、わかってる？」

「そんなこと……っ」

　おっさんは何か言い返そうとしたが、私は気にせず続けた。

「異世界転生異世界転生言うけど、あなた『異世界』というものをちゃんと考えたことがあるの？　異なる世界と書くでしょ？　それまで自分が生きてた世界とは異なる世界だってこと。異世界転生が当たり前の世界もあれば、そうでない世界もある。道徳や倫理観が自分の常識とはまったく異なる世界だってある。そういうこと、ちゃんと考えた？」

　たとえ転生連加盟世界の間でも、世界が異なれば勝手が違うことは多いだろう。特に、善悪や倫理観の相違は感覚的に受け入れられないものもあるだろう。それこそ、久美(くみ)ちゃんの前世に現れた異世界転生者みたいに。本人は一〇〇％善意でも、その世界にとっては余計なことをしてしまう場合もあるだろう。

　世界のシステム自体は異世界人を受け入れていても、やって来た異世界人がその世界のシステムに馴染(なじ)めなければ、結局はうまくいかない。問題は世界にあるのではなく、異世界転生者の側にある。異世界を受け入れる覚悟がないなら、異世界に生まれ変わりたいなんて考えるべきじゃないと私は思う。

「私、何度も説明したわよね？　あなたは転生事故でこの世界に来てしまったんだって。ここは異世界転生者を受け入れないシステムの世界なんだって。人の話をまったく聞かず、自分の妄想に沿わないことはすべて『陰謀だ！』で片づけて、そんな風に自分の尺度でしかものを見られない人間に、異世界転生する資格があるの？」

「おっ、おまえにそんな資格を問われる覚えはない！」

「あるわよ！　だって実際、あなたには迷惑被ってるんだから！　私は異世界転生者アレルギーで、今もあなたのせいでデコが痒くてたまらないのよ！　こんな目立つところが真っ赤になって、薬を塗ったら前髪が張り付くし、化粧しにくいし、こんなめんどくさいおっさんのせいでなんでこんな目に遭わなきゃならないのって思うわよ！」

「めんどくさいだとっ」

「そうよ、異世界転生者の対応なんて、こっちは慈善事業でやってるのよ！　少しは人の迷惑考えて、素直に話を聞きなさいよ！」

「あ、……あ？」

反論しようとしたおっさんが、言いかけた言葉を呑み込んで奇妙な顔をした。

私も、自分で言っておいてちょっとハマってしまった。

こっちは慈善事業でやってるんじゃないんだ、という台詞はよくあるが、慈善事業でやってるんだ、なんて啖呵を切る機会はなかなかないだろう。でもこれは嘘じゃない。本当に天紋堂は慈善事業をしている。一銭の得にもならない面倒な仕事をさせられている。

「もうね、異世界転生者には、講習を義務付けるべきだと思う！」

私は拳を握って主張した。

「たとえば異世界転生保険に入るなら、料金やコースの相談をする前に、まず『郷に入っては郷に従え』、『異世界は自分を活躍させるために用意された舞台ではない』、そういう心構えをしっかり叩き込んで、よその世界にお邪魔するという謙虚さを学ばせてからでないと加入出来ない法律を作るべき！」

「それが実現したら俺の仕事も楽になるんだけどなー！」

秋雨さんがまた拍手をする。

「何せ闇業者が多いからなー。適当なこと言って大金巻き上げて、こういう奴をよその世界に送り込んで知らん顔だ」

「悪徳業者、滅ぶべし……！」

怨念の籠った私の視線を受けて、おっさんが鼻白む。

「な、なんだよ……闇業者でも、大手を選んだから大丈夫なはずだ……！　法律や保険会社への文句をオレに言うなよ、八つ当たりだろ！」

「そうよ、これは八つ当たり！　だってしょうがないでしょ、肝心の悪徳業者に直接言えないんだから、あなたにぶつけるしかない！　私に言われたことを、今度異世界転生斡旋業者や保険会社の人に会ったらそのままぶつけてくれればいいわよ！」

「八つ当たりを威張る奴がいるか!?　大体、なんで転生するのにわざわざ勉強しなきゃならないんだよ！」

「その考え方がもう、異世界転生を甘く見てるって言うの！　転生は遊びに行くのと違うでしょ、こっちはちゃんと真面目（まじめ）に生きてるの！　みんなが一生懸命生きてる世界に、よその世界からあなたは飛び込んでゆくの。突然押し掛けるんだから先様に迷惑かけちゃいけない、くらいの気遣（きづか）いも出来ないの？　それって大人としてどうなの？

　しかも何度も言うけど、うちの世界は異世界転生者お断りなの。突然すごい力が目覚めるどころか、元々持ってた能力だって、異世界由来（ゆらい）の力は発揮出来ないようになってるの。異世界転生者は存在するだけで人に迷惑をかけるの。そういう世界もあるってことをちゃんと学ぶ義務はあるでしょう！」

「～～っ……さっきから聞いていれば、おまえはオレに文句しか言えないのかよ！」

「文句以外、何を言えっていうの。迷惑しかかけられてないのに」

私がつんと横を向くと、秋雨さんがおっさんの耳を引っ張って言う。

「あのな、本来自分が存在しないはずの世界に押し掛けてきて、好き放題出来ると思う方がどうかしてるだろ。完全予約制のレストランに勝手に入ってきて、他人の席に座って飯を食う——この世界でおまえら異世界転生者がやってるのはそういうことだ。席を奪われた人間や店側から文句言われて当然だろ」

秋雨さんのくせに、なかなかうまい喩えをする。本当にそうだ。私はもっとこのおっさんに文句を言っていいはずだ。なぜなら若だんな情報によると、最近ユウくんのお母さんがよくたまごロールを買っているらしい。ユウくんの中にいるこのおっさんのリクエストである可能性が高い。私と異世界転生者の因縁を考えると、十中八九そうだ。

私が自分の損害を黙って受け入れてやる義理はない。おっさんの自分語りを思い出せば、突っ込みどころだらけで整理するのも大変だが、とにかく言ってやりたいことは言ってやろう。

「大体ね、何がガチャよ、親の方は子供ガチャに外れたと思ってるし、上司の方は部下ガチャに外れたと思ってるんだからお互い様でしょ。なんで自分だけ被害者気取りなのよ。どんだけ自分のポテンシャルに自惚れてるのよ。あなたが外れたガチャは、転生ガチャだけ！　でも転生連へ行けばまた新しいガチャ引かせてくれるって言ってるんだから、素直に行けばいいじゃない。

　――大丈夫。わざわざあなたが次に転生した世界まで追いかけて行って、逃げるな、現実を見つめろ、なんてお説教しないから安心して。あなたを受け入れてくれる世界もきっとある。ここはそうじゃなかった、というだけだから。あなた、そういう考え方得意でしょ？　自分に都合の悪い世界は、『ここはオレの生きる世界じゃない！』って思えるタイプでしょ？　だったらさっさとこの世界に見切りを付けて、新しい世界に旅立っちゃえばいいじゃない！

　そんでもって、次の世界も『オレの生きる場所じゃない！』だったら、またお金を貯めて異世界転生すればいいじゃない。夢は諦めなければ叶うとか言うし、粘れば保険の英雄を待ち侘びてる世界に当たることもあるかもしれないじゃない。もしかしたら、保険のサービスで英雄になった人しか抜けない剣とか、倒せない魔物とかがいる世界もあるかもしれないじゃない。それを目指してひたすら転生を繰り返せばいいじゃない。別に私はそれにとやかく言う気はないから」

「もう散々とやかく言ってるだろ！」

「うん、それはごめんだけど、考えてみればあなたのこの先のことまで私が心配してあげる義理はないし、異世界転生に甘えるな、っていうのも私の考え方の押しつけでしかないし。まるで外国旅行の感覚で異世界転生するのが普通だという世界もあるなら、私には理解出来ないけど、多様性は受け入れるべきだと思うし、もうそれはそれでいいわ。

とにかくよその世界で好きにやってくれる分には、全然問題ないんで。ほんと、この世界から出て行ってさえくれれば、私たち今後一切あなたに関わらないんで。あなたのことなんて秒で忘れるんで」

だんだん、文句を言いたいというより面倒臭さの方が勝ってきて、とにかくこいつを追い払いたい、どこかへ行って欲しい、という気持ちが溢れ出てしまった。それが伝わったのか、おっさんは何やらダメージを受けた顔でつぶやく。

「おまえ、ＭＰ無尽蔵かよ……どんだけ人に精神デバフかければ気が済むんだ……」

あれ、メンタル弱体化出来てた？　文句も説得もどれだけ言っても手応えがないように感じていたけれど、実はじわじわ効いていたらしい。これはもう一押しだろうか。

「あなたが駄々こねるからでしょ。最初に転生事故だって説明した時、素直に納得して転生連のお世話になっていれば、私の言いたいことなんてせいぜい『事故に遭って災難でしたね』くらいで済んだのに、くだらない駄々をこねてヘイトを溜めるような真似した自分が悪いんじゃない」

「〜〜〜もう、何なんだよこの女っ。ああ言えばこう言う、説教と文句が無限呪文だ

「……！　手下じゃなくて実はおまえがボスか？　おまえが魔王……⁉」

そんなわけないでしょ、とあしらおうとした私を腕で制したのは、これまでずっと会話に入ることなく黙っていた若だんなだった。

若だんなは笑顔で私を見る。

「さすがですね、小毬さん。《屁の父さん》の魔王認定ですよ」

「へのとうさん？」

私と一緒に、おっさんも首を傾げる。

「この世界の名前だよ」

秋雨さんがさらりと答え、私とおっさんは一緒に目を丸くした。

「えぇ⁉　この世界、へのとうさん、って名前なんですか⁉」

この世に生を享けて二十四年、初めて知った！

「正確に言うと、転生連で使用される識別記号ですね」

若だんなが補足する。

「そもそもこの世界に名前はありません。異世界と交流する前提がないので、彼我を分ける必要もなく、名前もないのです。そういう世界は珍しくないそうで、転生連の方では世界の存在を確認した順に識別記号を付けて呼ばれるそうです」

「その識別記号が、へのとうさん？」

「原語はこの世界で発音出来ませんので、なんとか意訳すると、末尾四桁が『へ - 一〇三』になるのです」

「それで、通称《屁の父さん》ってわけだ」

　秋雨さんが肩を竦める。

「なんだよそれ、もうちょっとカッコイイ名前付けられないのかよ！」

　おっさんの文句に、若だんなは神妙な顔で頭を振る。

「生憎、世界の名前を付ける権限はわたくしどもにはありません」

「じゃあ誰なら世界に名前付けられるんだよ」

「誰にも出来ねーよ、だからこの世界は転生連の識別記号で呼ぶしかねーんだ。未来永劫、どこまで行ってもここは《屁の父さん》なんだよ」

「そんな……」

　おっさんは大きなショックを受けている様子だった。私の衝撃もまだ癒えてはいないが、これはいい流れである。

　私はおっさんの方を見ながらわざとらしく言ってやった。

「なるほど、つまり――世界を叉に掛けた英雄の集いみたいなのがあった時、『おまえ、どこの世界を救ったんだ？』みたいな話になって、みんながキラキラした名前の世界を救った冒険譚を語る中、あなたは『オレは屁の父さんを救ったんだ！』と言うわけね。ふーん、なるほど、渋いなー」

「やめろー‼」

おっさんは絶叫して頭をぶんぶん振った。

「冗談じゃない、オレはこんなカッコ悪い名前の世界への転生なんか希望してない！　これは間違いだ！　今すぐ出てく！」

ユウくんの頭の天辺から、光る糸がちょろりと飛び出す。秋雨さんはそれをすかさず引き抜き、私にウインクした。

「ナイス☆お嬢」

私は急いで気を失っているユウくんに駆け寄り、足を縛る縄を解いてあげてから（本当に傷にはなっていなかった、どういう縄だろう）、むっつり答えた。

「……若だんなの助け船のおかげですよ」

私は自分の意見をぶつけておっさんを追い詰めることしか出来なかった。私に言いたい放題言われて、おっさんが辟易しているのは表情に見えていた。

人は図星を指されると逆上し、怒鳴り散らしてもお茶を濁し切れないと悟ると、逃げる。

でも私みたいな小娘に言い込められて逃げ出す、というのはあのおっさんのプライドが許さなかったのだろう。引っ込みがつかなくなっていたところに、若だんなが言い訳を作らせてあげたのだ。世界の名前がカッコ悪いから出て行く、と。

だからあれは、私ではなくおっさんへの助け船だ。

己の未熟さを私は反省していた。理屈を並べて追い詰めるだけでは駄目なのだ。敢えて逃げ道を用意して、うまく逃がしてやるというテクニックも活用しなければ。

でも、あのおっさんの逃げ癖はどうかとも思う。

人生、無理をし過ぎることはない。逃げて楽になるなら逃げればいいと思うけれど、あの人の『逃げ』はそういうことじゃない。頑張って頑張って壁にぶつかったわけじゃなくて、何もせずにただ楽な方へ、都合のいい妄想の世界へ逃げることしか考えない奴に、「時には逃げることも大事だよ」と言えるほど私は人間が出来ていない。

「本当はもっと早く助け船を出すつもりでしたが、小毬さんが絶好調過ぎて、なかなか口を挟む隙を見つけられませんでした」

若だんなの少し面白がっているような風情に、私は言い返す。

「絶好調なんかじゃないですよ！　あのおっさんがしょうもなさ過ぎて、ツッコミが止まらなかっただけ！　あの精神年齢の低さじゃ、子供に転生したのも当然って気がしますよ。

うん、事故だけど、そこだけは間違ってなかったと思う！」

　それから、秋雨さんがユウくんを座敷に運び、しばらく様子を見ることになった。あまりに目を覚まさないようなら、例の病院送りになるだろう。あんなおっさんに身体を乗っ取られていたことなんて知らなくていいし、入院させた方が身体の回復には良さそうな気もする。

「というか、元に戻りますよね？　この中年男に劣化させられた髪と肌。せっかくの美少年が台無しなんですけど」

「元凶が消えたので、新陳代謝に合わせて戻ってゆくと思いますよ」

「あー、よかった」

　ひとまず安心してから、もうひとつ、気になっていることがあるのを思い出した。

「あの、念のために確認したいんですけど、さっきの世界の名前の話、本当ですか？　本当にこの世界、《屁の父さん》なんですか」

「そうですよ」

　若だんなと秋雨さんがあっさり頷く。

「おっさんの嫌気（いやけ）を誘うためのネタかなーとちょっとは思ったんですけど、本当の本当なんですか⁉　本当に屁の父さん⁉」

「まあ、転生連ではあっちの公用語で発音されるしな」

「先ほどは例外的な状況でしたが、この世界では基本的に世界の名前を口にする機会はありませんし、特に問題はないのでは？」

「そりゃそうかも知れないですけど、なんか気分的に……」

さっきおっさんに言ったことがそのまま自分に返ってくる。私は屁の父さんを守るためにこんな仕事をしているのか。どうせなら、もうちょっと綺麗なものを守らせて欲しかった……。

苦笑いしながら、ふと思った。

あんな英雄志望の困った異世界人より、この世界を救っているのは天紋堂の方だ。人知れず、異世界転生者の侵略と戦っている。でもその行いも、若だんなに言わせれば迷惑な「残業」でしかない。

世界を救う英雄なんて、案外そんなものなのかもしれない。ただ目の前にある自分のやるべきことをやっているだけなのだ。それは尊く美しい行いだ。たとえその救った世界の名が、《屁の父さん》だとしても。

幕間　秋に生まれて雨が降る

秋生くんとばったり会ったのは、駅前のショッピングモールだった。

私がひとりでぶらぶらお店を覗いているところに、向こうから声をかけられたのだ。

「小毬ちゃん！」

「あれ、秋生くん！　久しぶりー」

槇村秋生くんは、祖父母の家の書生さんだった人である。祖父の家は学者の家系で、昔から書生を置くのが慣習になっていたという。もうそんな時代でもないと言いながら、私が小さい頃から家には書生（要するに下宿人）のお兄さんやお姉さんたちが何人もいて、秋生くんもそのひとりだった。

もっとも秋生くんは駒月家とは遠縁で、書生に入る前から家にはよく来ていたし、齢も私とは三つ違い。つまり私にとっては一緒に暮らしていた親戚のお兄さんだ。

秋生くんは今、化学メーカーの研究所で働いており、会社の寮に入っている。その研究所というのが町の奥にある山の中で、なんだか難しい研究をしているらしい秋生くんは滅多に街へは下りてこない。だから「久しぶり」というわけである。

「小毬ちゃん、会えてよかった。今、ちょっと時間ある？」

「うん、ちょうど喉も渇いてたし、お茶でもする？」

秋生くんの表情が妙に硬いのが気になりつつも、私たちはカフェに入った。

ここのところ、出かけるといえば仕事絡(がら)みか、若だんなや秋雨(あきさめ)さんとの行動ばかりだったので、ひとりでの自由行動が嬉しい。秋雨さんにあれ食べたいあれ飲みたいとねだられずにゆっくりカフェに入れるのも嬉しい。ご機嫌な私に対し、向かいに座った秋生くんがとんでもない発言をした。

「小毬ちゃん……天紋堂(てんもんどう)の若だんなに囲われてるって本当？」

「ふへっ……!?」

私がコーヒーを噴き出しそうになって噎(む)せている間にも、秋生くんは重ねて言う。

「噂を聞いたんだ。小毬ちゃんが天堂(てんどう)家に住んでるって。天紋堂の若だんなの秘書という形にはなってるけど、会社の仕事なんて何もせずに、若だんなとあちこち遊び回ってるって。あれは秘書じゃなくて愛人じゃないかって――」

「ご……誤解……！　とんでもない誤解！」

私は首と両手をぶんぶん振って否定した。

若だんなとの外出は、すべて仕事絡みである。異世界転生者の気配を探りにあちこち行く中で、場合によってはドレスアップが必要な場所もあって、そういう場面を邪推(じゃすい)されたのだろうが、本当にとんでもない誤解だ！

「一体、誰がそんな噂してたの……!?」

「大学の同級生で、天紋堂の営業部にいる友人が、こないだ仕事で研究所に来たんだ。それで、それとなく小毬ちゃんの様子を訊こうと思ったら……」

「そんな噂を聞かされたの？　それ、まったくの勘違いだから！」

私が会社に行っていないのは本当で、だから社員の人たちとも全然交流がなく、おかしな憶測を呼びやすい状況だというのはわかるけど……！

「うん、念のために小毬ちゃん本人に確認したかっただけで、根も葉もない噂なんだったらそれでいいんだ」

安心したように頷く秋生くんに、私も「うん、本当に誤解だから！」と繰り返してから訊ねた。

「ところでその噂、どのくらい広まってるの？　まさかじじさまばばさまにも……!?」

「天紋堂の社内でちょっと噂になってる程度のことらしいから、あんまり広めないように僕からも頼んでおいた。そんなの何かの間違いだって、僕にはすぐわかったからね」

「秋生くん……冷静な対応ありがとう」

私がほっと胸を撫で下ろす一方で、秋生くんはまた表情を曇らせた。

「ただ、それとは別に、小毬ちゃんが柄の悪い男に貢いでるという噂も聞いて……」

「へ？」

「それも初めは信じてなかったんだけど、この間、ちょっと買い物があって街へ出てきた時、小毬ちゃんとその男らしいのが一緒にいるのを見かけて」

「え」

「気になってこっそり様子を窺(うかが)ってたら、その男の買い物に全部小毬ちゃんがお金を出してるのを見て……」

「いや、それは……！」

もしかして先週、秋雨さんの買い物に付き合わされた時のことか……！　若だんなはどうしても欠席出来ない集まりがあるとかで、私が財布係を務めたのだ。お金を出したといっても、全部若だんなのお金である。

「まあでも、後で彼が清算してくれるんだろうな、と信じたくてふたりがファミレスに入るのを追いかけて」

「え？」

「近くの席に座ったら、ふたりの会話が耳に入ってきて……それがもう本当にひどくて、小毬ちゃんがかわいそうで、僕はもう……」

あの時、近くに秋生くんがいたの？　全然気がつかなかった！　というか、あの時そんなに私がかわいそうな感じの話してたっけ？

「……ええと、秋生くんはその時、何聞いちゃったの……？」

「切れ切れにしか聞こえなかったけど、小毬ちゃんが『うちの店、そういうサービスはやっていないのに』とか『他の店に行って欲しい』とか……僕は耳を疑ったよ。小毬ちゃんは一体どんなサービスを要求される店で働かされてるのかと……」

「へっ？」

「だから、小毬ちゃんはあの男に貢がされて、妙な店で働かされてるんだろう⁉」

「誤解……！　とんでもない誤解！」

私は首と両手をぶんぶん振って否定した。

そうだ、思い出した。あの時は、秋雨さんに異世界転生斡旋業者について文句を言っていたのだ。でも外であんまり異世界絡みの話をしていると不審者扱いされそうなので、試しに隠語を織り交ぜる実験をした。つまり、『世界』を『店』に、『世界のシステム』を『サービス』に言い換えたのだ。

即ち、「うちの店、そういうサービスやってないんですよー」は、「この世界はそういうシステムになっていないんですよ」だ。「よその店に行って欲しい」はそのまま「よその世界に行って欲しい」だ。何もいかがわしい話をしていたわけではない。

でも、どうやってこの誤解を解けばいいのか。前世管理委員会だの異世界転生者問題だの、本当のことを話したところで、そう簡単に信じてもらえる話ではないだろう。

そもそも、前世管理委員会という組織自体は、秘密でもなんでもないらしい。ただ、私のように実際自分が被害を受けているというのでもない限り、異世界転生者がどうのと説明されても、実感を持って受け入れるのは難しいだろう。こちらの精神状態を心配されて終わるのがオチだ。そう思うと、秋生くんに私の本当の仕事を話すわけにもいかない。

「──あの、あのね、あの人とは全然そんな、変な関係じゃないから！　ええと、仕事の提携先の人というか、この国の人じゃないからいろいろお世話が必要というか……そんな感じなだけだから。あの人にかかったお金は、会社からきちんと清算してもらってるから大丈夫！　会話の内容も、天紋堂の仕事のことだから！　別にやましいことは何もないから！」

「……本当に……？」

私の顔を覗き込む秋生くんの瞳がうるうるしている。

「小毬ちゃんは運が悪いから、将来変な男に引っ掛かるんじゃないかってずっと心配で、それが現実になったのかと僕はもう……」

私が憐憫の眼差しに敏感なのは、子供の頃から秋生くんにこんな目をされていたからだ。ずっと同情されて心配されて、過保護に扱われてきた。私がひとり暮らしを始めたのは、祖父母を安心させるためだけではなく、秋生くんにも安心して欲しかったからだ。

「小毬ちゃんがアパートでひとり暮らしなんて心配だったけど、天堂家の世話になっているというのもそれはそれで……あの家に社員寮なんてあったかな……」

「えっとね、それは新しく出来たの！　私が入居第一号！　でも天堂家の母屋とは離れてるし、若だんなとはプライベートで顔を合わせることなんてないし」

嘘だけど。家政婦のふみさんが離れまで毎回食事を運んでくれるのが申し訳なくて、いつしか母屋へ行って若だんなと一緒に食べるようになった。だってそっちの方がふみさんの負担が軽く済むし。秋雨さんが来ている時は三人で食卓を囲んでいる。

子供の頃から書生のお兄さんたちと一緒に暮らしていた経験があるせいか、私としては今の生活にも特に抵抗はないのだが、一般的にはあらぬ憶測を呼ぶ状況かもしれない。だから秋生くんにも私の本当の生活形態は言わぬが花だ。

「――だからね、本当になんでもないから。変な噂を真に受けないでね、秋生くん。私は貢いでもいなければ囲われてもいないから。日々真面目に仕事してるだけだから」

良心に誓ってこれは本当。

「小毬ちゃん……」

その時、秋生くんのスマホがけたたましい音を立てた。この着信音は知っている。上司からの緊急呼び出しだ。

　秋生くんが慌てて電話に出る一方で、私はカフェの外をマウンテンバイクに乗った秋雨さんが爆走しているのを見つけてしまった。どこの現場行く気⁉

　私は急いで席を立ち、

「秋生くんも仕事忙しそうだね、何かあったなら会社に戻って！　私もちょっと用が出来ちゃったからこれで！」

　そう言い置いてカフェを飛び出すと、秋雨さんを追いかけたのだった。

第三話　王様遊戯

王様の言うことは、絶対？

さて、今日も元気に困っている私が何をやらされているのかといえば、王様のメイドである。

「お茶はまだかえ？」

「気の利かぬメイドだな」

「頸を斬って逆さに吊るしてやろうかな？」

今、私の目の前にはサディスティックな王様たちがいた。私はこの王様たちにこき使われているのだ。

どうしてこんなことになったのか――例によって少し時を戻して説明しよう。

1

面倒臭いＲＰＧ脳のおっさんが消え、巷が梅雨に入った頃、私の額を真っ赤にしてくれたアレルギーがようやく治まった。けれど続いて右足の脛が痒くなった。

今度はどんな異世界転生者に祟られているのかとうんざりしながら、私は夕食をいただきに天堂家の母屋へ顔を出した。

すると、若だんなが居間の卓袱台に大量の和菓子を広げて貪り食っていた。

「おっと……食事前にお菓子ぱくぱくタイムですか」

「今日の仕事は相当消耗したらしいぜ」

答えたのは秋雨さんである。

かねてから若だんなが爆買いする和菓子の使い道を不思議がっていた私であるが、天堂家で暮らすようになってすぐ、その謎は解けた。何のことはない、自分で食べているのだ。あるいはお母さんへの差し入れ。

ふたりで分けても数十個の和菓子は、ひとりで食べるには常軌を逸した量である。だが例の結界だの隠し身だのの不思議な力を使い過ぎた時や、魂の糸の解析作業なども体力の消耗が激しく、それを回復させるのに打ってつけなのが甘いものなのだという。

こうなると心配なのはふたりの健康診断の結果だが、身体に溜まる前に回復と引き換えでエネルギー消費されるため問題ないらしい。謎体質の親子である。

「でも若だんな、今日は町内会の会合に行くって言ってませんでしたっけ？　それでそんなに消耗するって……？」

異世界転生者絡みの仕事ではなかったので、私は同行しなかったのだが、一体何があったのか。

私の疑問に答える余裕すらない様子でひたすらお菓子を食べ続ける若だんなは、とうとう広げていたお菓子を全部平らげてしまった。それでも足りなかったらしく、卓袱台に突っ伏して弱々しい声を絞り出す。

「すみません……小毬さん……追加のお菓子を買ってきていただけませんか……」

「えっ、まだ食べるんですか！」

「いいじゃねーか、駅前の和菓子屋行こうぜ。この時間だし、売れ残り全部買ってやればいいだろ」

外は雨だったが、秋雨さんはいそいそと玄関へ向かい、私も慌ててそれを追いかける。玄関には、まるで居間でのやりとりを見透かしたかのように車が回されていた。若だんなの専属運転手はそつがない。

「駅前の和菓子屋《天紋堂》へお願いします」

そう頼んで車に乗り込む。走り出す車の中で、秋雨さんはご機嫌である。

「秋雨さんて買い物大好きですよね。お金持ってないくせに」

「人の金で買い物するのはサイコーだからなあ」

「でもごはんの前ですからね、余計なものは買いませんからね。若だんなのお菓子を買うだけ！」

「えー」

「えー、じゃありません！」

後部座席でそんな会話をしながら、私の意識は運転席の方へ向いていた。

若だんなの専属運転手——名前は翼馬(つばめ)というらしい。名字なのか下の名前なのかはわからない。いつも若だんなの外出時に車を回すのはこの人なのだが、私の目にはどう見ても、ラフな服装の高校生男子にしか見えない。だが秋雨さんには、三十代くらいのインテリスーツ男性に見えているらしいのだ。どういうことなのかと若だんなに訊(たず)ねれば、

「翼馬さんは、天堂家代々の乗り物なのです」

若だんなの返答は、何ひとつ意味がわからなかった。

乗り物って何。人間じゃないの？

どうして見る人によって姿が違って見えるの？　若だんなにはどういう風に見えてるの？　名前の字面(じづら)からすると、翼のある馬？　ペガサス？

翼馬さん本人に話しかけても、「オレは若だんなの乗り物だよ」としか返ってこない。

そしてこの返事も、秋雨さんには厭味(いやみ)なインテリ男性の口調で聞こえているらしい。

——もう、どうなってるのほんとに！

世の中、私の常識を超えた現象に溢(あふ)れている。半分はストレスで、スカートの上から右脛を掻く。脚が痒い時は、風通しの良いスカートに限る。

そういえば、秋雨さんも異世界人だが、彼のせいで私にアレルギーが出ることはないだろうと若だんなは言っていた。私のこれは、異世界人アレルギーではなく、異世界転生者アレルギーなのだと。

まあ秋雨さんは出張中の生活をひたすら若だんなの扶養に頼り、この世界の人間の権利を奪わない努力はしているし、害にはならない異世界人、ということなのか。実際、秋雨さんが傍にいようといまいと痒い時は痒いので、彼に罪はなさそうだ。

そんなことを考えているうちに、車は駅前の和菓子屋に着いた。私のかつてのバイト先である。

「ここからここまで、ぜ～んぶください！」

若だんなの財布で、一度やってみたかったお大尽の買い物をして、私は店を出た。

その後、秋雨さんがクレープ屋に寄りたがるのを断り、玩具屋でガチャガチャを引きたがるのを叱り、「夕ごはんと若だんなが待ってるでしょ！」と寄り道をことごとく阻止しながら、小学生男児を持つお母さんになった気分で天堂家へ戻ったのだった。

そうして、若だんなにはお菓子を与え、私と秋雨さんはふみさんが作ってくれた美味しい夕ごはんをいただいた。

ようやく人心地ついたところで、若だんなが消耗の原因を話してくれた。

「今日は父の名代で町内会の集まりに顔を出したのですが、そこで異世界転生者の気配を察知しまして」

「えっ、異世界転生者が町内会の会合に？」

「いいえ、その場にいる人間ではありませんでした。会合は本町公民館の会議室であったのですが、そこへ行く途中ですれ違った人物がそうだったようです。会合が終わったあとに気配を辿ってみると、講堂に行き着きました」

「講堂？」

「覗いてみると、三人の派手な外見の方々が楽器の練習をしていまして」

「ああ……公民館の講堂って時間単位で借りられるんでしたっけ。バンドとかの練習に使う人もいるみたいですね。じゃあその三人の中のひとりが今回のターゲットですか？」

「いえ、それが気配を探ってみると、三人とも異世界転生者の魂を抱えていたのです」

「ええっ？」

私は驚いて目を丸くしてしまった。

「ひとりを追って行ったら、三人に増えたってこと!?　そんなことあるんですか」

若だんなも苦笑して首を横に振る。

「私も驚きました。こんなことは初めてでしたが、そうこうするうちに三人は練習を終えて帰ってしまいそうになり、慌てて後を追いました。ですが、今日はそんなつもりで出かけたわけではありませんので、この恰好で」

「あー……雨の中、和服で尾行は目立ち過ぎますね」

「ええ、それで、気配を辿りつつ隠し身を使いながら、それぞれの自宅の様子まで探ったのはいいものの、さすがに力を使い過ぎてしまいました。その後は家に帰るのがやっとで……ご迷惑をおかけしました」

「や、三人分の調査を一気にやったら、そりゃ疲れますよ……。ご苦労様でした」

私は神妙に頭を下げて若だんなを労った。

——でもこうなると、普段から私にも隠し身の術をかけてくれませんか、とは言えなくなっちゃったな。

私と若だんなの関係が、一部でとんでもない憶測を呼んでいるらしいので、姿を消して行動出来れば変な誤解もされなくて済むと思ったのだけれど。若だんなをこんなに消耗させるなら、みだりに使わせちゃいけない力だ。調査初期段階の、まだこちらの存在を相手に気づかれたくない時や、どうしても人目を避けたい時だけ使う術なのだろう。

「で、その三人はどんな状態なんだ？」

　秋雨さんが訊ねる。

「三人で、《エイロネイア》というアマチュアのバンドを組んでいるようです。メンバーはそれぞれ、イーリス、ヘリオス、アスターと呼び合っていました。芸名のようです」

「知らんふり（エイロネイア）？　えっと……ソクラテスでしたっけ。無知の知、ってやつ？」

「ええ、皮肉（アイロニー）の語源ですね」

「メンバーの名前もみんなギリシャ語で揃（そろ）えてるんですね」

　確か、イーリスは虹、ヘリオスは太陽、アスターは星だ。

「詳しいですね。小毬さん、ギリシャがお好きで？」

「好きというか……十代の頃とか、哲学書に手が伸びる時期ってありません？　勢いでギリシャ語とか調べちゃったりして。その頃の名残（なごり）で反応しただけですよ」

「……」

「だから、その気の毒そうな目をやめてくださいって！　別に己（おのれ）の不運を哲学的に考察しようとしてたとかじゃないですから！」

　そこに秋雨さんがつまらなさそうに口を挟んだ。

「おいおい、俺にもわかるように話してくれよ。なんだよ、そのエロとかアイとかってやつは？」

「エイロネイアとアイロニーですよ！」

ツッコミを入れてから、ふと気づく。いつも秋雨さんからは異世界関係のことを教えてもらうばかりで、すごく物知りに感じていたけれど、やはり異世界人なわけで、さすがにこの世界の歴史や文化というところにはそこまで通じていないのだ。

「あのですね、ソクラテスというのは、ずっと昔の哲学者で、賢者と呼ばれてる人のところへ押し掛けては自分が無知なふりをして問答を仕掛けて、飽くまで《知らんふり(エイロネイア)》で質問責めにして相手の無知を暴くということをしていた人で――」

私は立場が逆転したのがなんだか嬉しくなって、一頻(ひとしき)りギリシャ哲学の話をしてから、

「……ま、これ以上のことは若だんなのスマホでも借りてググってください」

で締めた。私も専門家ではないので、ざっくりしたことしか話せない。

「で、そのツッコミ大好き皮肉屋じーさんと、バンドの名前や芸名が三人の前世に何か関係あるのか？」

「さあ、たぶんないでしょうね」

若だんながさらりと答え、

「え」

と私は思わずずっこけた。得々と秋雨さんに説明しちゃったじゃないか。関係ないなら

途中で止めてよ。

「今日はこれを探り当てるのに力を使い果たしてしまったというのもあるのですが——今回の三人はキャリアです」

「……キャリア？　保菌者と書いてキャリア？」

「後者の方です。三人とも、転生してきた魂が何年もの間眠っている状態なのです」

発病はしていないけれど病原菌を体内に持っている人のことを保菌者と呼ぶ。だから、眠っている異世界転生者の魂を抱えた人のこともキャリアと呼んでいるわけか。

「三人は自分たちの中に異世界転生者の魂が眠っていることに気づいていません。バンドを組んでいるのは本人たちの意思で、転生者の意思は関わっていないようです」

「そういうパターンもあるんですか!?」

驚いた。今まで出会った異世界転生者たちはみんな、自分が異世界から転生してきたことを自覚していたから、それが普通だと思っていた。

「じゃあ今回は、身体の持ち主が転生者の魂に抑圧されてるわけじゃないんですか。でも、異世界転生者の自覚がないのに、転生者同士で集まってバンドを組むなんて、そんな偶然あり得ます？」

「まあ……奇跡的な偶然かもしれませんが、目の前の現実を受け入れるしかありませんね。

異世界は無数にありますし、異世界転生のパターンも無数にあるものと考えてください。私も毎回、手探りで対応しています」

「要は、なんでもあり得るってことですか。まあそもそも魔法で転生してくるとか、《魔法》を持ち出される時点でなんでもありなのかもしれないけど」

私がため息を吐くと、

「なんでもありってわけでもねーんだけどな」

と秋雨さんが肩を竦めた。

「魔法も異世界転生も、それぞれの世界のシステムに沿った現象が起きてるだけなんだが、この世界からすると理解が出来ねーんだろな」

「全然、まったく理解出来ないですよ。私は未だに訳がわからないままこの仕事をしてますよ」

いちいち引っ掛かっていたら話が進まないから、「異世界」も「異世界人」も普段はそのまま口にするけれど、冷静になればやっぱり「それって何なのよ」だ。

――異世界ってどこにあるの？　異世界転移や異世界転生の仕組みってどうなってるの？　魂が世界を越えてやって来るってどういう現象？　魔法にしても機械装置にしてもどういう理屈になってるの？

これまで何度も秋雨さんに訊ねたことだ。私があんまりしつこく訊くので、ある時、秋雨さんも真面目に答えてくれた。だがそれが私には聞き取れなかった。超音波なのか何なのか――秋雨さんの口は確かに動いているのに、声が聞こえないのである。

私の問いに答えようにも、この世界には対応する言葉や概念がないので、仕方なく自分の世界の言葉で話したとのことだった。これは確かに秋雨さんの本名も発音出来ないわけである。聞こえないのではどうしようもない。

異世界について、核心に触れる答えはみんなこんな感じで、聞き取れない。生まれた世界が違うということがこんなに悔しいこともない。だから私の疑問は膨らむばかりである。

――そもそも、異世界人って地球人と同じ姿をした生命体なの？

そんなシンプルな問いすら、この世界の言葉では答えられないらしい。

私の勝手な想像では、本当は異世界人の姿は地球人とは違うけれど、転生魔法とか装置の力で、転生した先の姿をそのまま受け入れるようになっているのではないかと思う。魔法や装置の効果にそういう暗示が含まれているというか。秋雨さんのような異世界転移パターンも、転移先の生命体の姿に擬態するようになっているのでは。それが一番、私にとっては受け入れやすい理屈だ。

だってこの世界の中だって、宇宙人がいるとしたら地球人とは違う姿をしているだろう。

そしてその宇宙人は異世界人じゃない。この世界の住人だ。パラレルワールドだってマルチバース理論だって、全部ひっくるめて地球人が言っているだけの、この世界の中の話だろう。転生連に加盟しているような異世界はきっと、その外の話だ。そう考えると、それぞれの世界の相違は想像を絶すると思うし、そんな場所の生命体が地球人と同じ姿をしているわけがない。

異世界というのだから、世界の成り立ちも異なれば、世界を構成する物質も異なるだろう。そんな異世界に、たまたま地球人と同じ姿をした生命体が生まれる可能性があるのか。大体、地球だって時代によって環境が異なるし、単細胞生物の時代もあれば恐竜時代もあって、そこへたまたま同じ姿をした異世界の生命体が転生してくる――そんな都合のいい奇跡が起こる確率がどれだけあるというのか。

それとも、天文学的という感覚すら遥かに超えた数の異世界があって、星の数よりも多い異世界の中には地球の人間と同じ姿をした生命体のいる世界も複数あって、自分と同じ姿をしている世界を選んで異世界人が転生してくる？　そういうところに引き寄せられるようになっているとか？　分母の数が余りにも大きければ、そういうことが起きる確率も上がるということ？

私たちとは全然違うタイプの生命体同士で異世界転生を繰り返している世界のグループ

もあるのかな。グループと言っていいのか、パターンと言うのか、カテゴリ……というのも違う気がするけど。とにかく異世界というものが多様性の限りを尽くしているなら、転生連の規模というのもとんでもないものなんじゃないだろうか。本部ではいろんなタイプの生命体が闊歩して、集まって、会議を開いたりしているのだろうか。それで話がまとまるのだろうか。

――ていうか、転生連の本部ってどこ？

それもやっぱり聞こえない言葉で答えられた。

若だんなも、結局のところ異世界について知っていることは少ないらしい。秋雨さんの言葉が聞こえないのは私と同じなのだから当然だ。

異世界についてわからないことは、姿の問題だけじゃない。もっともっといろいろある。考え始めると眠れなくなるので秋雨さんを問い詰めても、答えが聞こえない。

いつか、異世界の謎が解ける日は来るのだろうか。いっそ、すべて夢だったと言ってくれるのが一番納得出来るオチではあるのだけれど。

まさか自分が、夢オチの方がまだまともだと思える奇想天外な業界に身を置く羽目になるとは夢にも思わなかったわよ――。

「……小毬さん、小毬さん？」

物思いに沈んでいた私を、若だんなの声が揺り起こす。

「なんだお嬢、また夢から覚めようと悪足掻きか？」

「覚められるものなら覚めたいですよ」

「簡単に思考を放棄しないのは立派なことです」

「考えて答えが出ることじゃないのが悲しいところですけどね」

答え自体は、秋雨さんが口にしている。私は触れないものを掴もうとして足掻いているだけだ。

「――すみません、私の発作は措いておくとして」

異世界について考え始めて頭がぐるぐるしてしまうのを、私は「発作」と呼んでいる。付ける薬がないので、若だんなも秋雨さんも苦笑して見守るだけである。私は謝って話を本題に戻した。

「ターゲットが三人というのは厄介ですけど、転生者の魂が眠ったままなら、無害なんじゃないんですか？　身体の持ち主は普通に暮らせてるんですよね？」

「残念ながら、転生者が寝ていようが起きていようが、この世界のシステムに干渉している事実は変わりません」

「それでも誰かの権利を奪っているし、私の身体は痒くなる、と？」

「ええ」

　若だんなは頷いた。

「そして、しっかり前世を思い出して自ら出て行く気にさせなければ、魂の引き抜きが力尽くになってしまいます」

「俺はその方が手っ取り早くて楽なんだけどな」

「いけません。それでは《器》にかかる負担が大きくなり過ぎます」

「でも、何も知らないターゲットに『あなたの中に異世界転生者がいます』なんて言っても、変な人を見る目で逃げられるだけですよね。どうやって転生者本人とコンタクトを取れば？」

「簡単だ。一発殴って、中の魂を起こせばいい」

「だから乱暴過ぎるんですよ秋雨さんは！」

　私が秋雨さんを睨むと、若だんなは案外悪くないという顔をした。

「刺激を与える、という案自体はいいと思いますよ」

「え？」

「では小毬さんには、公民館の職員になっていただきましょうか」

「え～!?」

2

若だんなのコネで、私は本町公民館の臨時職員となった。

自力の就活はお祈りメールしかもらえず、バイトを見つけることすら大変だったのに、若だんなのコネがあればこんな簡単にどこにでも潜り込めるのか――。私は空しさと同じだけの感動に震えていた。

ただ、それほど顔が広い若だんな自身は、行動範囲が限られてしまうということでもあった。和服のイメージが強過ぎて、スーツに着替えればちょっとした変装にはなるけれど、近くで顔を見ればすぐに天紋堂の若だんなだとバレてしまう。だからこういう潜入役に使える私のような人員が欲しかったのだろうなと思う。

若だんなの根回しで、私は講堂使用に関する仕事を手伝うことになっていた。講堂の奥にある備品室で何か作業するふりをしていれば、講堂で練習中の《エイロネイア》の三人の様子を窺うのも簡単というわけである（転生者三人分の腟の痒みは大変だが！）。

土日の講堂はイベントに使われることも多いので、三人が練習用に借りるのはいつも平日だった。三人とも定職に就いているわけではなく、午前中だったり午後だったり、週に何度か時間を合わせられる時に集まるようだ。

「ちょっと失礼しますねー」

と言いながら、私は三人が練習する後ろを通って講堂の外と備品室を行き来し、休憩中と見れば話しかけてみる、ということを繰り返していた。

もっとも、若だんなからもらった情報で三人の大体のプロフィールは把握済みである。

《エイロネイア》は、ボーカルのイーリスさん（二十七歳）が紅一点で、ギター&ヴァイオリン担当のヘリオスさん（二十五歳）、ピアノ&キーボード担当のアスターさん（十九歳）の三人組。

イーリスさんはロングヘアを七色に染めた美人で、ヘリオスさんは緩くパーマのかかったロン毛を金色に染めたイケメン。神秘的な雰囲気を漂わせるアスターさんは黒髪に青メッシュ。ちゃんと、虹、太陽、星のイメージを体現している。

そんな風にヴィジュアルは派手な三人だけれど、人柄はまた別だった。

私が本当に講堂の仕事を頼まれてバタバタしていたりすると、

「あ、もしかしてもう時間でした……!?　次にここ借りてる人います!?　すみません、ちゃんと片づけてから帰りますので」

イーリスさんはぺこぺこ頭を下げながら荷物を片づけようとし、アスターさんがそれを

手伝う。まだ使用時間は大丈夫だと私が答えると、

「あれっ、新しい職員の小毬ちゃんだっけー？　何か運ぶ物あるなら手伝おうかー？」

ヘリオスさんは明るく言って私の荷物を持ってくれたりする。そしてアスターさんもそれに従う。

イーリスさんは卑屈なほど腰が低い人で、ヘリオスさんは一言で言ってチャラい。アスターさんは無口で、いつも他のふたりに黙って従っている様子だった。

三人には数年前から異世界転生者の魂が入り込んでいるようだが、それがずっと眠ったままだというなら、これは彼ら本人の人柄なのだろう。今のところ、特に困った人たちではない。

会話のきっかけとして、バンド名の由来を訊ねてみたりもした。

「《エイロネイア》って、ソクラテスですよね？　哲学的でカッコイイ名前ですね。イーリスさんが付けたんですか？」

「え……？　ううん、違うの。最初にこのバンドを結成したリーダーが哲学かぶれの人だっただけで、私は全然そういうの詳しくなくて」

「そうなんですかー。そのリーダーは辞めちゃったんですか？」

「元々メンバーの入れ替わりが激しいバンドだったんだけど、とうとうリーダーも別のバ

ンドを組んでそっちに行ってしまって……」

残されたのはイーリスさんとギターの人ふたりになってしまったのが二年前。そしてそのギターの人も辞めると言い出した頃、知り合いからヘリオスさんを紹介され、さらにはストリートピアノを弾(ひ)いていたアスターさんを誘って三人になったのだとイーリスさんは語った。

「なんとなくの名残(なごり)で、メンバーの名前をギリシャ語にしてるだけなの。でも、ヘリオスって本当に太陽みたいに明るいし、アスターは夜空の星みたいな雰囲気でしょう」

「はい、イメージぴったりですよね。今は三人で安定して続けられてるんですね」

「続けてはいるけれど……」

イーリスさんは悩ましげだった。

「スタジオを借りて練習や録音をしたくても、なぜかいつもどこも空(あ)いてないの。だからここを頼っちゃって……。ピアノやアンプもあるし、防音にもなってるしね」

所詮(しょせん)公民館の講堂なのでそんなに広いわけではないが、壇上には一応グランドピアノが置かれ、音響関係の機器も一通り揃(そろ)っているみたいである。

「オーディションを受けてもどこからも相手にされないし、演奏動画とかネットに上げてみても全然視聴回数稼(かせ)げないし。このままだらだら続けていても……なんて、ああごめんなさい。愚痴っちゃって」

「いえ、好きなことを続けるのって大変なことも多いですよね……」

しみじみ頷きながら、内心で私は苦笑していた。

練習の演奏を聴かせてもらっている感じ、レベルは結構高いんじゃないかと思うのだ。バラード調からロック調、ジャズ風にクラシック風の曲までレパートリーは幅広く、耳に残るメロディも多いし、何よりイーリスさんの歌が上手い。こんなに声が出たら気持ちいいだろうなあと純粋に感動する。

それでも《エイロネイア》が誰からも注目されないのは、やっぱり三人の中に眠っている異世界転生者のせいなのだろうか。この世界で、異世界転生者は何者にもなれない。成功出来ない。そういうシステムになっているから、まともなスタジオを借りることすら出来ないのか。

話をしてみると、イーリスさんにはそれなりに歌手として成功したいという野心がありそうだった。けれどヘリオスさんは刹那的な楽天家といった感じで、いくらオーディションに落ちても、動画が見てもらえなくても、どこ吹く風である。

「いいじゃん、オレらが楽しく演奏出来ればさ。やっぱり自分のために弾くのが一番だよなー。オレ、コンクールとか大嫌いだったしさ。学校時代は審査員受けだの観客受けだの計算して弾かされて、うんざりだったんだ」

ヘリオスさんは音大でヴァイオリンを専攻していて、留学経験もあるそうだ。でもまったく上昇志向がないタイプで、ソリストになりたいともオーケストラに入りたいとも思わず、結局地元に帰ってきてふらふらしていたところを、イーリスさんに紹介されて《エイロネイア》のメンバーになったらしい。家はそれなりに裕福で、遊んで暮らしていても許されるようだった。

キャラが今いちわからないのはアスターさんである。ほとんど口をきかず、まったく自己主張をしないのだ。曲は三人それぞれが作って持ち寄り、最終的にアスターさんがアレンジして仕上げるというやり方になっているようなのだが、イーリスさんがこう歌いたいと言えばそれに従ってアレンジし、ヘリオスさんが注文を付ければ黙って従い、自分がどうしたいというのが見えない。

ただ、気遣い屋で腰が低いイーリスさんと、明るく楽天家なヘリオスさん、物静かで主張をしないアスターさん。この三人では喧嘩が起きることもなく、なんともうまい具合に噛み合ったユニットになっているのも確かだった。

三人がこのまま仲良く音楽を続けていければいいのに。そう思ってしまうが、三人の中に眠っている異世界転生者が目を覚ましたら、どうなるのだろう。一体どんな異世界人が彼らの中で眠っているのか――。

興味よりも不安を大きく感じる私だった。

そうして私が《エイロネイア》の皆さんと普通にお喋り出来る関係になった頃（アスターさんは喋ってくれないけど）、若だんなが公民館にやって来た。

私はわざと講堂の入り口を開けたまま備品の移動作業をし、練習の音が外へ漏れるようにして若だんなを呼び込んだ。

「――失礼します。たまたまそこを通りかかって、演奏を聴かせていただいたのですが」

まだ前世管理委員会の身分を明かせないので、普段の和服姿で若だんながそう言いながら講堂に顔を出した。

「ああ、わたくし、こういう者です」

若だんなが三人に差し出した名刺は、表向きのもの。

「天紋堂の専務さん……？」

「ああ、あんたが天紋堂の若だんなか！　聞いたことあるよ」

「……」

三人はそれぞれの反応を見せて若だんなを迎えた。ちなみに私は隅っこでこっそりなりゆきを見守っている。

若だんなは神妙な表情で三人を見渡し、何度も頷きながら口を開く。

「お邪魔して申し訳ありません。漏れ聞こえてきた曲が余りに素晴らしかったもので、通り過ぎることが出来ず……。お声をかけずにいられませんでした」

「……ありがとうございます」

若だんなの大げさな風情（ふぜい）に、イーリスさんは若干（じゃっかん）引き気味、ヘリオスさんも胡乱（うろん）げである。それでも若だんなはぐいぐい行く。

「つきましては、来月の野外ライブイベントに参加をお願いしたいのですが、ご都合は如何（いかが）でしょうか」

「え!?」

今度は三人が揃って目を丸くする。

「来月のイベントって……もしかして……」

イーリスさんが掠（かす）れた声を出す。

「はい、天紋堂がスポンサーをさせていただいております恒例の音楽イベントです」

数年前から運動公園の野外舞台で催（もよお）されるようになったライブイベントは、有名ミュージシャンから無名の新人までが登場して盛り上がる、この地域で一番大きな音楽イベントである。天紋堂がスポンサーなのは知っていたが、それを利用しようと若だんなが言い出した時はさすがに驚いた。

「新進気鋭のアーティスト枠で、ぜひあなた方をご紹介したいと思うのです」

「本当に……!? オーディションも受けていないのに、本当に私たちがイベントに参加出来るんですか」

「いきなりでっかい舞台だなー。頑張れば誰かが見ててくれるって本当なんだなー」

「……」

興奮する三人（アスターさんもさすがに顔が少し紅潮しているように見える）に対し、若だんなはすかさず条件を出す。

「ただ、今回のイベントにはテーマがありまして、《新しい世界》というテーマで新曲を作っていただきたいのです」

「新曲？　それを披露しろということですか」

「時間もあまりありませんし、無理でしょうか……。出来れば、お三方それぞれに曲を作っていただいて、それをこちらで選ばせていただきたいと」

「それがオーディション代わりってことか。三人のうち誰かの曲が若だんなのお眼鏡に適えばいい、ってこと？」

若だんなは頷く。

「元々オレらは三人とも曲を作れるし、別に悪い条件じゃないよな。乗ってみるか？」

ヘリオスさんが両脇のイーリスさんとアスターさんに訊ねると、ふたりは揃って頷いた。

「では、一週間後にまたここで、《新しい世界》の曲を聴かせてください」


三人が帰って行ったあと、私はほっと息を吐いて若だんなを見た。

「うまく話に乗ってきてくれましたね」

「ええ。助かりました」

「曲を作る作業が、眠ってる異世界転生者を起こすことに繋がるんですか？」

「いえ、それだけでは足りないでしょう。もう一押し、揺さぶりが必要になると思いますが、それは私がなんとかします」

「なんとか、って？」

「はい。なんとかします」

若だんなは重ねて言って微笑んだ。なので私はもう追及出来なかった。

権力恃みなのか不思議な力を使うのかわからないが、策士の若だんながそう言うなら、きっとなんとかしてくれるのだろう。

「――でも、これでもし異世界転生者の面倒な記憶が蘇っちゃって、駄々こねられたら厭ですよね。ひとりでも面倒なのに、三人もいたら……」

出来ることなら、自分が異世界転生者だということだけを思い出して、前世の出来事は何も覚えていない――というのがこちらとしては望ましい。それなら変なこだわりもなく、転生事故だと説明すれば、はいそうですかと素直に出て行ってくれそうだ。

でもそんな都合のいい展開には……たぶんならないんだろうな。

私は大きくため息を吐いた。

「なんでみんな、前世の記憶や意思を持ったまま異世界に生まれ変わりたいなんて思うんですかね。私だったら、そもそも生まれ変わりたいとも思わないですし、どうしても転生するのが世界の理だというなら、前世の記憶はなくていいですよ」

「まあこの世界では普通、生まれ変わっても前世の記憶はありませんね」

「それでいいと思います！」

私は拳を握って頷く。

「だってなんだか卑怯じゃないですか。周りはみんな手探りで一周目の人生を生きている中、自分だけ周回プレイで『強くてニューゲーム』やろうなんて、さもしい料簡ですよ。私そういうの、好きになれないんです」

「小毬さんは求道的な方ですね」

そう言って若だんなは面白げに微笑んだ。

3

その後、若だんなは天堂家に帰ると、《前世見の間》に籠ってしまった。

三人の魂の糸に揺さぶりをかけるというが、文字通り、魂の糸を手で触って揺さぶるということではないようだ。魂の糸を見つめたままじっと動かない若だんなを見ていても、私には何をしているのかわからない。

「あの……私にも何か手伝えることありますか？　一応私も前世見の資質とやらを持ってるんですよね？」

若だんなからそう認められてはいるものの、魂の糸を見ることが出来る、という能力以外は何も発揮出来ていない現状に、正直気が引ける。

「修行とかしたら、私にも若だんなみたいな力が使えるようになったりします？」

あの予知能力みたいなのもいいけれど、自力で隠し身が使えるようになったらとっても便利だ。期待する私に、若だんなは頭を振った。

「いえ、これは生まれつきのものといいますか、天堂の血筋の力ですので……」

「後天的に身に付けられる能力じゃないってことですか？　じゃあ前にアパートが燃える幻が見えたのも、やっぱり若だんなの力のおこぼれ？」

　私はがっかり肩を落とした。

「でも、それなら……そもそも私の資質ってどこ由来（ゆらい）なんですか？　うちの家系は別に前世見の仕事をしてるなんて聞いたことないですけど」

「血筋とは関係なく、魂の糸を見られる方は時々いますよ。そういう方を見つけられると、私どもとしてはとても助かります。この仕事を理解していただけますし、こうして協力してもいただけますし」

「協力って……何も手伝えてないですけど」

「そんなことはありませんよ。厳密に言えば、小毬（こまり）さんの能力は魂の糸を見るだけではありません」

「え、私に他にどんな力が!?」

　期待が盛り返す私に、若だんなは悪戯（いたずら）げに答えた。

「それは内緒です」

「は!?」

自分の力なのに――と喰い下がろうとする私をいなすように若だんなは言う。

「お腹が空きました……。小毬さん、甘いものをください」

「……私は差し入れ係として役に立っている、と？」

憮然としつつも、若だんなに頑張ってもらわなければ案件が片づかないのだから、従うしかない。私は毎日お菓子を買い出しに行く係になり、その度に秋雨さんが随いてきた。

「俺、今日はドーナツ！　もちもちのやつ！　アイスも食いたい！　そうだ、コンビニ行こうぜ。テレビで宣伝してた期間限定スイーツ、今ならおまけ付きだぞ」

「……」

私は呆れて長身の秋雨さんを見上げた。

この人、異世界出張を満喫してるなあ……。この世界を楽しんでくれるのは何よりだけど、一文無しなのに図々しいったらない。

とにかく和菓子のついでにドーナツを買い、コンビニで期間限定スイーツを一通りゲットして店を出た時だった。

梅雨の晴れ間で陽が射すコンビニの駐車場に、イーリスさんの姿を見つけた。約束の日まであと三日だけど、新曲作りは進んでいるのだろうか？

「お？　あれって今度のターゲットのひとりだよな」

秋雨さんも彼女に気づいて足を止める。秋雨さんは直接《エイロネイア》の三人と会ってはいないが、ターゲットに関しては陰からちゃんとチェック済みのようだった。私が仕入れた情報も、若だんなと三人で共有している。

よく見れば、イーリスさんはひとりではなかった。長髪に派手な化粧と出立ち、如何にもヴィジュアル系バンドマンといった男性と一緒である。何か話している様子だが、どうも雰囲気は良くない。イーリスさんは迷惑そうにしているのに、男性の方から絡んでこられて、どんどん駐車場の奥の方へ追い詰められているといった感じだ。

――どうしよう。

私はコンビニの店先で秋雨さんと顔を見合わせた。

イーリスさんのプライベートに踏み込むつもりはないけれど、彼女は異世界転生者の魂を抱えている要注意人物、要監視対象だ。何か揉め事が起きている様子を無視して帰るわけにもいかないだろう。

「ナンパか?」

「知らない相手って感じでもなさそうですけど……」

このコンビニは郊外店仕様で駐車場が広い。もう少し近くへ行かないと、会話の中身がはっきり聞こえない。私と秋雨さんは、まばらに停められた車の陰に隠れながらこっそりふたりに近づいた。

「――だから、もうあなたには関係ないでしょう」

イーリスさんのうんざりしたような声が聞こえ、男性が言い返す。

「関係ないわけないだろう。《エイロネイア》はオレが作ったんだぞ」

……！

もう一度秋雨さんと顔を見合わせた。

「あいつ、哲学かぶれの元リーダーって奴か」

「しかもたぶん……元カレですよ」

イーリスさんが元リーダーのことを話す口ぶりに、なんとなく察するものはあったけれど、男の方のあの馴れ馴れしい態度はまず間違いないと思う。

続けて聞き耳を立てれば、ふたりが揉めている理由がわかった。

あの元カレは、《エイロネイア》に大きなイベントデビューのチャンスが舞い込んだのを知って、イーリスさんとよりを戻そうとしているのだ。そして自分もまた《エイロネイア》に戻って、ちゃっかりイベントに参加しようと目論んでいる。

そんな虫の好い話、イーリスさんが突っ撥ねるのは当然だ。

でも、イベントの特別枠に《エイロネイア》が声をかけられたことなんて、公表されていないはず。あの元カレはどこからその情報を仕入れたんだろう？

私が首を傾げている間に、元カレは厭がるイーリスさんを自分の車に連れ込もうとしていた。

秋雨さんがダッシュで救けに向かうのと、

「無礼者！」

イーリスさんが威厳に満ち満ちた声で元カレを叱りつけるのとは同時だった。

元カレは金縛りにあったように動けなくなり、それを秋雨さんが殴り倒そうとするのを私が慌てて止めた。

コンビニの駐車場に尻餅をついて呆然としている元カレを残し、私たちはイーリスさんを連れてその場を離れた。

しばらく歩いてから、そっとイーリスさんに声をかける。

「……大丈夫ですか？　怪我は？」

「大丈夫……。ありがとう」

掠れた声で答えたイーリスさんからは、さっきの威厳ある雰囲気は消え失せていた。

「本当にありがとうございました。変なところを見せてしまって……ごめんなさい」

イーリスさんは私と秋雨さんに向かって何度も頭を下げる。

「さっきの人……例の元リーダーですよね？」

　今の出来事に何も触れないのも逆に空々しい気がして、私は思い切って訊ねた。イーリスさんは苦笑して頷く。

「昔から、自分勝手な人なの。もう何年も音沙汰なしだったのに、突然現れて今さらバンドに戻りたいなんて言われても、もう《エイロネイア》にあの人の場所はない。受け入れるつもりはないわ……」

「私も、《エイロネイア》は今の三人ですごくうまく行ってると思いますよ」

「ありがとう。それを証明するために、いい曲を作らないとね」

　イーリスさんは微笑んだ。

　そのままイーリスさんをアパートまで送って行き、天堂家へと引き返す途中で翼馬さんの車に拾われた。この謎の運転手には、私たちの居場所がわかるらしい。

　車の中で私は首を傾げた。

「さっき、一瞬、イーリスさんが別人みたいになりましたよね。あれって中にいる異世界転生者が顔を出したんでしょうか」

「そうかもしれねーな。若が縁を動かしたんだろう」

「縁？　動かす？」

「おいおい、若があの部屋で何と睨めっこしてると思ってんだ。あそこで魂の糸を揺さぶって、縁を動かそうとしてるんだよ。縁が動けば、人が動くからな」

私は《前世見の間》に垂れる無数の糸を思い起こした。経に垂れる糸が人の魂。緯に渡る糸が人の縁。それを揺さぶる？

――前世見として、悪縁で絡んでるわけでもない縁を動かすのは許されることなの？

毎日甘いものを要求されるあたり、きっと簡単なことではないし、かなりの職権濫用なのだろう。でも天紋堂は慈善事業で異世界転生者対応をしているんだから、それくらい許されていいだろうとも思う。

「つまり、縁を動かしたから、本来なら起きなかったことが起きたということですか？偶然の縁であの元カレは《エイロネイア》のチャンスを知って、もう関係が終わっていたはずのふたりが遭遇する展開になって、イーリスさんの中に眠る異世界転生者を刺激した？」

「そういうことだな」

「じゃあヘリオスさんやアスターさんにも、今頃何か刺激になるようなことが起きてるんですか」

「たぶんな」

私はぞっと身を震わせた。

「若だんなの裏工作ってえげつないですね……」

お金や権力に物を言わせることなんてまだ可愛いものだと思えてくる。已むを得ない職権濫用とはいえ、人間業を超えた方法で人を動かしてしまえるなんて恐ろしい。こんなことが出来る人、絶対敵に回したくない——。

4

それから三日後が約束の日だった。

公民館の講堂で、私と若だんなは三人が来るのを待った。

私は一応、公民館の職員ということになっているので隅っこで何か作業中の演技をしながら待機、若だんなはノートパソコンが置かれた長机を前に座っている。

約束の時間から三十分以上遅れて、ヘリオスさん、アスターさん、イーリスさんの順に続けて姿を見せた。

最後に現れたイーリスさんが、ゆったりとその場の一同を見渡して頷いた。

「——うむ。揃っておるようじゃな」

明らかにいつものイーリスさんではなかった。普段のイーリスさんなら、遅刻なんてしようものなら米搗きバッタのようにぺこぺこ謝り続けるだろう。今はそれどころか、顎を上げてふんぞり返っている。しかも言葉遣いもおかしい。

「……おいイーリス、随分人が違ったように見えるが、どうした」

ヘリオスさんが不思議そうにイーリスさんを見たが、そう言うヘリオスさんも、いつもとは雰囲気が違う。明るくて気さくなキャラクターが売りの人だったのに、今日は打って変わって気だるげな空気を醸している。イーリスさんの返事を待たず、ヘリオスさんは講堂の隅にいる私に目を向けて短く言った。

「椅子」

「え?」

「何度も同じことを言わせるようなら、首を斬るよ? 椅子」

恐ろしい発言をしたのはアスターさんである。

私は慌てて三人に駆け寄り、近くのパイプ椅子を引いてお座りいただいた。

自分で引いた方が早いのに、わざわざ人に椅子を引かせるというのは、一体どういう人たちなのか。明らかにいつもの三人とは違う。眠っていた異世界転生者が目を覚ましたのに違いなかった。

私は若だんなに目配せし、ひとまずまた後ろへ下がった。

この様子では、やはりイーリスさん同様、他のふたりにも何か刺激を受ける出来事があったようだ。若だんなは《前世見の間》で縁の糸を動かしただけなので、本人たちに実際何が起きたのかまではわからないのだと言っていた。

ヘリオスさんとアスターさんには一体何があって、あんなに尊大な感じになっちゃったんだろう……。とても気になるが、それを訊ねられる場面でもなかった。イーリスさんにすら、話しかけにくい雰囲気だ。

ひたすら戸惑う私の一方で、三人は互いの顔を興味深そうに見ている。初対面の相手を見るようであり、旧知の友を見るようでもあり、この反応は何なんだろう。そして若だんなは飽くまでマイペースだった。

「では、新曲を聴かせていただきましょうか」

「うむ、よかろう。篤と聴け」

まず初めにイーリスさんが、音源が入っているらしいＵＳＢをポケットから取り出した。三人は若だんなとは長机を挟んで座っている格好だが、イーリスさんは手にＵＳＢを持ったまま動かない。それを見てしばし首を傾げた私は、はっと気づいてイーリスさんに駆け寄り、ＵＳＢを受け取った。

「うむ」

イーリスさんが頷く。この人たちもしかして、自分が動く気全然ない!?

私は若だんなの前にあるパソコンにUSBを挿し、フォルダを開いて曲の再生ボタンを押した。歌詞データも入っていたので、それも開く。

流れ出したのは、バラード調の曲だった。イーリスさんの声は美しかったが、歌詞がどうもおかしかった。

一〇三二年　カッシドの乱　王太子悲劇の死
一〇三三年　即位の議　それはよく晴れた日だった
一〇三六年　バーリーの獄　この塔から生きて出られる者はない
一〇四二年　ユローンの大乱　最後の一兵になるとも諦めぬ——

「……」

歴史年表かな?

私は若だんなと顔を見合わせた。

「実際、私の身に起きたことを歌にしてみたのじゃ」

「……というと？」

　使用人扱いされているのを忘れて私が合の手を入れると、「無礼者！」と叱られるかと思いきや、イーリスさんは素直に語り始めた。

「王太子だった兄がカッシドの乱で亡くなり、その後、私が女王に担がれたのじゃ。だが、私をお飾りの女王にして私腹を肥やそうとする者が多くての、片っ端から獄に繋いでやった。それが後年、バーリーの獄と呼ばれるようになったのじゃ。

　私は国を守るためなら何でもした。国の利益になる相手との結婚を繰り返し、侵略してくる敵との戦を繰り返し、時には自ら前線に出て戦った。息子に王座を譲ったあとも、長年敵対していた隣国との和平のため、自ら人質として赴くことを申し出た。その矢先、病に倒れたのじゃ——」

　イーリスさんは目頭を押さえた。

「最期に見たものは、涙を浮かべる息子の顔だった。息子の声が遠くに聞こえた。

——もういい。もうこれ以上、ご自身を犠牲になさらないでください——

　その後、気づくと見知らぬ世界にいたのじゃ。

　すぐにわかった。息子が異世界転生魔法をかけさせたのだと。別の世界で私に、女王でもなんでもない、国など背負う義務もない人間に生まれ変わって穏やかに暮らして欲しいと願ったのだろう。あれはそういう優しい子じゃ」

なんと――イーリスさんの中に眠っていたのは、異世界の女王様だったのか。

私はびっくりして年表のような歌詞とイーリスさんの顔を見比べた。随分波瀾万丈な一生を送った女王様だったようだ。

この間のあの身勝手な元カレとの一悶着が、百戦錬磨でストイックな女王様を刺激し、目を覚まさせたのだろうか。でも、転生してから何年も眠っていたはずなのに、本人としては死んだ次の瞬間にはもうこの世界にいた、という感覚なのか。この辺の仕組みが、私にはよくわからない。

「なんだイーリス、奇遇だな。おまえも異世界転生者だったのか」

気だるげながらも面白そうに言ったのはヘリオスさんである。

「その口ぶり、やはりそなたも異世界転生者か？」

女王様が眉をピクリと動かして言う。

「では、次はヘリオスさんの曲を聴かせていただきましょうか」

若だんなの言葉に促され、私は慌ててヘリオスさんのもとへ走り、音源を受け取った。

やはりこの人も自分で動く気はないようだ。

流れ出したのはロック調の曲。ヘリオスさんが自分で歌っている。イケボだが、やはりこれも歌詞がなんだかおかしい。

薔薇(ばら)は春に植え替えよ
元肥(もとごえ)、追肥(ついひ)を忘れるな
水はたっぷり遣(や)るのだぞ
ザリザラ病には気をつけよ――

「……」

園芸日記かな？

私は若だんなと顔を見合わせた。

「え、えぇと、ヘリオスさんの前世は庭師か何か……？」

その割には偉そうだけど――と思っていると、ヘリオスさんが気だるげに答えた。

「我は前世で魔王だった」

「ま、魔王⁉」

私は目を丸くしたあと、こないだ秒で忘れたおっさんのことを思い出した。そして全力で胸を撫で下ろした。

セ――――フ！

あのRPG脳のおっさんとヘリオスさんが鉢合わせしなくてよかった！

まさかこの世界に魔王がいるなんて知らなかったから、あの時は堂々と「そんなものいないわよ！」と断言してしまった。タイミングが悪かったら、あの面倒臭いおっさんと魔王（前世）が鉢合わせて、もっと面倒なことになっていたと思うと恐ろしい。魔王様、今まで眠っててくれて本当にありがとう！

「……そなたはなぜ、そのようにキラキラした瞳で我を見る？　そんなに素晴らしい歌だったか」

「えっと、その……」

正直、歌はよくわからなかった。あのおっさんがいなくなるまで眠っていてくれたことに心から感謝しているだけだ。

「と、とにかく、薔薇がお好きなんだなあということがよくわかる歌でした！」

「趣味なのだ」

そう言って魔王様は気だるげに横を向いた。

「我の趣味は薔薇を育てること。だが我は強大な魔力を持っていたため、勇者どもから喧嘩を売られ続け、丹精籠めた薔薇園を何度も踏みにじられた。いくら警告しても勇者の乱入が止まぬゆえ、片っ端から叩きのめしていたら、魔王審に推薦されて魔王にされてしまった」

「魔王審？」

「魔王審議委員会。魔王の存在に深い理解を有する者たちで構成される委員会だ。この有識者たちが良識をもって魔王を選ぶ」

「ちょっと――ちょっと待ってください。良識？　今、良識って言いました？　良識をもって魔王を選ぶ、ってどういうことですか」

魔王って悪の親玉じゃないの？　良識とは対極にある存在じゃないの？

「魔王の仕事は、勇者を撃退することだ。それが出来る者が正しいのだ」

つまりこの魔王様がいた世界では、魔王が勇者を倒すことが良識ある行いだということ？　魔王って何なの？　勇者って何なの？　どっちが善でどっちが悪なの？　……よくわからない！

世界の相違で困るのはこういうところなのだ。女王様の前世は、異世界といっても歴史小説のストーリーを聞かされたような感じで理解しやすかった。奸臣を誅したり国を守ったり、親子愛があったり、倫理や道徳の観念が私たちの世界でも違和感なく通用するからだろう。でもこの魔王様のいた世界は、根本から倫理観が違う気がする。

「直近三回の勇者との対戦成績が圧倒的勝利であれば、魔王審から魔王に推薦されるのだ」

——何その横綱を決めるみたいなシステム。

私は思わず口をぽっかり開けた。

全然遠い世界の話かと思ったら、急に知ってる感じのシステムを出されてしまった。でもよくよく考えてみれば、魔王審議委員会って、横綱審議委員会みたいだ。魔王というのも、魔族界の横綱みたいなものなんだろうしなあ……。

「だがその魔王審の連中がとにかく口うるさい。作法だの品格だの細かいことを並べ立て、我の一挙手一投足を監視して、説教するのだ。そもそも我は好きで魔王になったのではない。しつこく請われて、仕方なく魔王になってやったのだ。だがそれもほとほと厭になった。だからわざと不行状を働いた」

「不行状」

「勇者からの挑戦状を無視し、あるいは遅刻し、不意打ちをし、卑怯な真似をしまくったのだ」

「……それで、どうなったんですか？」

「魔王をクビになった」

してやったり、という顔で魔王様は言う。

「勇者との対戦成績が振るわなかったり、態度が魔王としての品格に欠けると判断されれば、魔王審から引退勧告を受けるのだ」

やっぱり横綱みたいなシステムだ！

「普通に代替わりで魔王を引退する場合は、そのまま隠居暮らしが許されるらしいのだがな。引退勧告で魔王位を剝奪(はくだつ)された場合、記録を消されて異世界へ転生させられるそうだ。まあ、それが一番後腐れがないという考えだろう」

「え、じゃあ、一度殺されたんですか？」

「いや、異世界転生魔法で強制的に転生させられた」

「生きたまま!?」

そういうパターンもあるのか。でもそういえば、あの性格の悪い魔女は旗色が悪くなる度(たび)に異世界転生を繰り返していたというし、無理に死ななくても転生って出来るものなのか。勉強になる……なるけど、これが人生の何に役立つのか……。

「気がつくと、見知らぬ場所にいた。異世界に転生したのはわかったが、とにかく今は歌を作らねばならぬという意識だけが頭の中に渦巻いていたゆえ、取り急ぎ作ったのがこの歌だ」

「——なるほど」

異世界での薔薇の育て方を知りたい人っているかな。ていうか、この魔王様の世界には薔薇があるんだ。この世界の薔薇と同じものなのか、似たものが自動的に認識変換されたのか、考え始めるとまた発作が起きそうで私は頭をぶるぶる振った。

そんな私の心中を見通したように、若だんなが話題を変えた。

「では、最後にアスターさんの曲を聴かせていただきましょう」

私は例によって恭しく(うやうや)アスターさんから音源を受け取った。

アスターさんの曲はジャズ風だった。だがピアノの美しい音色に乗って歌われる言葉がとんでもなかった。

さあ、宴(うたげ)の始まりだ。

首を斬れ、耳を削げ(そ)、骨を砕け。

涙を流せ、血を満たせ、絶望はこれからだ。

爪を剝げ(は)、指を切れ、目玉を刳り(く)貫き(ぬ)、舌を抜け——

「……」

処刑命令書かな？

私は若だんなと顔を見合わせた。

もしかしてアスターさんの前世も魔王？　やる気のない魔王様じゃなくて、スタンダードパターンの悪い魔王？

「結構な趣味ではないか、アスター。そなたは前世で何だったのじゃ？」

女王様に訊ねられ、アスターさんは素っ気なく答えた。

「とある国の王だったよ。でも七歳で暗殺された」

「暗殺!?」

また物騒な話で、私は大きな声を出してしまった。

「そもそも、その前世というのも、別の世界から転生してきた人生だった。だから身体は子供だったけど、中身は十分に大人だったよ。僕が転生してきた時、王子様は六歳。すぐあとに父親が死んで、幼くして王座に即いた。幼王と呼ばれて、政治は全部周りの大人がやっていた」

それは、年齢的には仕方がないことだと思うけれど、中身は大人だったならもどかしい状況かもしれない。

「別に、政治に興味なんてなかったから構わなかった」

「え、そうなんですか」

「僕はもっと他のことで忙しかったからね。気に入らない者を処刑したり、粗相をした使用人をお仕置きしたり、猛獣と奴隷を戦わせたり、村をひとつ潰して戦争ごっこをしたり、海に人を浮かべて遊んだり――」

「えっ……」

私は絶句した。

六歳の子供がやることじゃない。大人だとしても普通はやらない。典型的な暴君、暗君じゃないか。

「そんなことをしてたら、暗殺されちゃったんだよね」

あっけらかんと言うことじゃない……！

私は唖然として暴君の幼王様を見た。

「毒を盛られた上に、全身を滅多刺しにされたよ。血まみれになりながら、大勢の暗殺犯から恨み言を聞かされたよ」

「……」

前世のそんな記憶が残っているなんて、どんな気持ちなのだろう。私にはとても想像が出来ない。

「僕は知らなかったんだ。その前の世界にいた時は、我がままに振る舞うほど称賛された。残虐な行為を繰り返すほど、誉められた。それが当たり前だと思っていたんだ。生まれ変わった世界はそうじゃないなんて知らなかった」

悪事を働くほど誉められる？　そんな世界があるのなら、それこそあの魔女もやりたい放題出来るだろう。でもあの性格のままでは、すぐ不満の種を見つけて文句を言って、結局幸せにはなれないのだろうけれど。

「気がつくと、見知らぬ場所にいた。また転生したんだとわかった。事切れる前、『おまえは記録抹消刑だ！』と誰かが叫んでいたからね」

「記録抹消刑？」

「僕の国の最高刑だよ。処刑で生命を奪ってもまだ足りない、殺しても殺し足りない、もっと重い罰を加えなければ気が済まない――そんな時はどうする？　その人間のすべての記録を抹消し、同じ世界で生まれ変わることすら許さない、異世界への追放刑。それが記録抹消刑だ」

異世界への追放――。

今まで、生まれ変わって新天地を目指すというポジティブな異世界転生ばかり見てきたけれど、刑罰として利用される異世界転生もあるのか。またひとつ知識が増えた。

でも、女王様は別として、魔王様とこの幼王様は罰として異世界転生させられていると
いうことだ。厄介な人物はよその世界へポイ、それでいいの——!?
憮然とする私をどう見たのか、幼王様が続けて言った。
「安心しなよ。この世界の常識はちゃんとこの身体と同期した。この世界も、人を殺すこ
とは罪になるんだよね？　オーケー、わかってる」
「……」
「大丈夫だって。この世界で僕は王子でも王でもないからね。僕には何の権力もないし、
僕の命令で動く臣下もいない。僕が『首を斬れ！』と叫んだところで誰も動かない。いい
ことだよ。こういう暮らしをしていたい。ここでなら、僕はもう罪を犯さずに済む」
なんだろう。この幼王様に関しては、人間性が悪というよりは、世界間の常識の違いが
生んだ悲劇——という気がする。この先は生まれ変わった場所の常識に従う気があるなら、
大きな間違いは起こさないのかもしれない……？
なんとなくそんな風に納得する私の隣で、若だんなが口を開いた。
「お三方の前世の事情をお聞きしたところで、改めて自己紹介いたします。わたくしども
は、《前世管理委員会異世界転生者問題対策室》の者です」
私を含めて紹介されて、はっと我に返った。

そうだった、幼王様の新生活所信表明に納得している場合じゃなかった。この人たちには、ここから出て行ってもらわなければならないんだった！

若だんなは、ここが転生連非加盟世界であること、三人とも転生事故でこの世界に迷い込んでしまったこと、眠っている魂を起こすために一計を案じて曲を作ってもらったことなどを丁寧に説明した。

三人が一番驚きを見せたのは、ここが転生連非加盟世界だということに対してだった。

「転生連非加盟世界といったら、異世界からの転生者など現れぬ世界なのだろう？」

「その割にはそなたら、当たり前のように我らの話を聞いていたではないか」

「だよね、いい感じに合の手入れてくれるし、驚いてくれるし、異世界転生者の扱いに慣れてると思うよね」

「それはまあ、そういう話を聞く仕事をしているので……」

私は苦笑しながら答える。

「それで、そういうことですので、いったん転生連の保護下に入り、改めて転生し直していただくということでご了承願えるでしょうか」

若だんなの確認に、

「厭じゃ」

「嫌だ」

「イヤだよ」

三人が同時に即答した。

「どうしてですか⁉　事情はわかっていただけましたよね？」

私の問いに、まず女王様が答えた。

「国を守るためと言って、私は前世で多くの罪を犯した。綺麗事では済まぬのが政治じゃ。悔いてはおらぬが、生まれ変わって今度は楽に生きたい――そんな風に願うことが許される身だとも思ってはおらぬ。此度の転生は息子の母への想いを汲むとして、次にまた転生したいとは思わぬのじゃ。この世界が転生連非加盟だというなら、異世界転生者の行き止まりということだろう。ちょうどいい。ここで魂が死を迎えれば、転生が終わる。私はそれを望んでいるのじゃ」

「そんな……！」

私は若だんなを見た。

「この世界が異世界転生者の行き止まり、って本当ですか」

「ここから別の世界へ転生することは出来ない、この世界に本来存在しない魂が死を迎えれば、この世界の輪廻に入れず消滅する、という意味ではそうですね」

だから、一度転生連の保護を挟まなければ転生し直せないということなのか。

「で、でも、罪悪感のせいで転生するのが嫌だというなら、転生連で記憶を消してもらえばいいじゃないですか」

私は女王様に訴える。

「転生連へ行けば、魂の浄化とか出来るんですよね？　前世のことを覚えていない状態で生まれ変わるなら、罪の記憶もないし、一から新しく始められますよ！」

「そのような卑怯な真似は出来ぬ」

忘れることが卑怯と来たか。この女王様、私とは違う方向で求道的な人だった……！

「我も他の世界に転生する気はない。やっとうるさい魔王審の連中から解放されたのだ。功名心に駆られた勇者連中に絡まれるのももう真っ平だ。この世界なら、我はただの人間だ。魔力も何もない。我はこの世界で薔薇を育てながら思うままに暮らすと決めたのだ」

「そう言わずに、どこの世界にも魔王審があるとも限りませんし～！」

「魔王審はなくとも、転生連加盟世界に生まれ変われば、我の強大な魔力が蘇る。それでまた面倒なことになるのはわかり切っているのだ」

いい、強大な魔力を嫌がってるのか威張ってるのかどっちなの。

「僕も他の世界に生まれ変わるのは御免だよ。さっきも言ったけど、この世界なら罪を犯さずに済むからね。転生連加盟世界なんかに行ったら、また王様になりそうで怖いよ」

三人は頑として此の世界からの退去を拒み、

「――わかりました。では今日のところはこれで失礼いたします」

若だんなは仕方なく一時撤退の判断を下したのだった。


そうして天堂家へ帰ってから、私は留守番をしていた秋雨さんに詰め寄った。

「異世界転生保険というのにも呆れたけど、異世界転生を刑罰に使うって何なんですか！凶悪犯罪者は別の世界へ追い払えばいいなんて発想、短絡的過ぎませんか。その問題人物を押しつけられる側の世界のことを考えてるんですか！転生連の見解は如何に⁉」

「な、なんだなんだいきなり」

面喰らう秋雨さんに若だんなが今日の首尾を説明した。

「なるほどな……記録抹消刑の魔王と暴君か」

秋雨さんは苦笑する。

「異世界追放刑の是非は、転生連の安全保障理事会でもよく議題に上がる問題だ。だが常任理事世界が率先して凶悪犯を追放しまくってるからな、いつも建前だけの規制が議決されて、実際は抜け道だらけの無法状態だ」

「そんな……！　無責任過ぎるじゃないですか」

人が人を転生させられる。私はそのことの恐ろしさを初めて実感した気がしていた。

犯罪者を片っ端からよその世界へポイ捨てすれば、世界は浄化され、首斬り役人も要らず、刑務所の経費もかからない。でもそれでいいの？　自分の世界さえ綺麗になればいいの？　そもそも話は犯罪者に限らない。自分に都合の悪い人物をこの世界から消し去ってやる――そんなことだって出来てしまうじゃないか。

「異世界転生、問題あり過ぎだと思う……！」

「その辺の調整役に転生連が設立されたはずなんだけどな、うまく行かねーよな。世界同士の利害とか主導権争いが絡むとどうしてもな」

ため息を吐く秋雨さんを見て、少し頭が冷えた。秋雨さんに文句を言っても仕方がない。彼はただの刑事で、転生連の中枢にいるわけではないのだから。

「――秋雨さんにどうにも出来ないのはわかってますけど、異世界転生者に困ってる世界があるということは切に報告をお願いします。『楽しい異世界転生をしたいなら、ルールを守れ！』屁の父さんの住人がそう言ってるとお伝えください」

「ははは っ！　上司に言っとくよ」

「笑い事じゃないですよ、ほんとに……」

世界の名前に緊張感がないのがどうにも悔やまれる――。

5

その後、三人の王様たちの前に秋雨さんを連れて行った。転生連の刑事だと紹介しても三人はどこ吹く風、秋雨さんが力尽くも厭わない姿勢を見せても、強引な魂の引き抜きをすれば《器》がただでは済まないだろうと言って相手にしない。本体の身体を楯に取られ、こちらは身動き出来ない状態だった。

結局私は、この王様たちを説得するため、公民館の臨時職員を続けることになった。正体を知っている私を、王様たちが都合良くメイド扱いし始めたからである。

相変わらず三人は公民館の講堂を借りてバンドの練習をしていた。私はそこで身の回りの世話をさせられている。

三人は、せっかく作ったのだからとそれぞれの曲をイベントで発表したいと主張した。だが、この世界から出て行って欲しいというこちらの要求を受け入れないなら、イベント出演の話もチャラにするのが筋だろう。私はそう思ったが、若だんなの判断は違った。

「では、一番を女王様、二番を魔王様、三番を幼王様の歌詞で、一曲にしてください。曲調がそれぞれ変わるのも楽しいでしょう」

そんなやっつけみたいな返事でいいの⁉　と私は驚いたけれど、王様たちはそれで納得した。異世界の年表と園芸日記と処刑命令書の歌、合体させたらどうなるの⁉

どういうつもりなのかと訝しむ私に、若だんなは「このまま様子を見ましょう」と言った。若だんながこういう言い方をする時は何か策がある時だが、詳しい計画を教えてくれないのもまた若だんなのやり方である。

仕方がないので私は世話係をしながら三人の様子を見ている。

異世界由来の力は使えなくても、本体の能力は遺憾なく発揮出来るものらしく、女王様はイーリスさんの声で歌えるし、魔王様はヴァイオリンもギターも弾けて、幼王様はピアノも弾ければアレンジャーの仕事も出来た。この都合の良さが異世界転生魔法なのか。

三人の王様はそれぞれ我が強く、曲の方向性の違いでよく揉める。そこに関しては、以前の《エイロネイア》の三人とはまったく違うところだった。

「何なのじゃ、この変態変拍子は！」

「えー、これくらいの拍、取れないの？」

「ここはもっとメロディアスに展開させるべきところだろう。薔薇の花びらの上を朝露が転がる場面をよく頭に思い浮かべろ！」

「薔薇なんて鞭にして打ったことしかないからわからないな」

「薔薇の花びらで窒息させてやろうか！」

「あー、まあまあ落ち着いてください。お花は愛でるものですよ、武器にしないで！」

けれど私が慌てて仲裁に入ると、三人とも案外あっけらかんとしていたりする。

「別に喧嘩をしているわけではない。意見は揉み合うものじゃ」

「その通り。本気で殺し合いなどせぬから案ずるな」

「それより、喉渇いたな」

「お茶はまだかえ？」

「気の利かぬメイドだな」

「頸を斬って逆さに吊るしてやろうかな？」

「だから恐ろしいことを言わないでください！」

「大丈夫だよ、言うだけで本当にはやらないから」

「言われるだけで怖いんですよ……！」

　私はビクビクしながらお茶とおやつ（アスターさんが買ってくるたまごロールだ！　最近また売り切れだと思ったら！　もちろん私の分はない）の用意をし、隙あらばこの世界の異世界転生者事情を説明した。

「あのですね、何度もお伝えしている通り、この世界は異世界転生者を受け入れないシステムになってるんです。転生者に居座られると、本体の身体にも負荷がかかりますし、魂の抑圧が進めば暴走が起きます。転生者が何をしてもこの世界の人間の権利を奪うことになりますし、ついでに言うと私がたまごロールを食べられないしアレルギーも治らないんです！」

これ見よがしに痒い右脛を掻いてみせても、王様たちは動じない。

「人が生きるのに犠牲は付き物じゃ。何かを踏みつけにして生きる。その覚悟もなく、生きてはおられぬわ」

「奪われたなら、奪い返せばよかろう。我はいつでも受けて立つぞ」

「痒いなら掻いてあげようか？　いくらでも掻いてあげるよ、血が出るまでね。人の皮膚を剝がす感触って癖になるんだよね……」

「け、結構です！」

妖しい目つきでスカート越しの脛を見る幼王様から慌てて飛び離れる。

今回の三人は強敵だった。

なまじ前世で権力者だっただけに、冷静で損切りが早い。世の酸いも甘いも知っているばかりに綺麗事を押し通そうとしない。それこそソクラテスのように問答を仕掛けて、挑発してカウンター説教へ持ち込もうにも、尊大で余裕に満ちた王様たちに軽くいなされてしまう。やはりあの僻みっぽい魔女やこの間の小市民なおっさんとは格が違う。

斯くなる上は同情を誘おうと泣き真似をしてみても、知らんふりだった。こんなところでバンド名を被せてこなくていい……！

説得は進まないまま、曲の完成は近づき、イベントの日も間近に迫っていた。

6

梅雨明け後の日曜日。イベント当日は朝からよく晴れていた。

ライブ会場となる運動公園の野外舞台にはすでに多くの人が詰めかけている。例年、たった一日のステージに五桁人数の人出がある田舎町の大イベントである。

公園の敷地内にも屋台がたくさん並んでいるが、弁当屋の《かどや》もかなり混むことだろう。いっそそちらの手伝いに行って、何も考えずに弁当を売りまくりたい——そう逃避したくなるほど、王様たちの説得に進展はなかった。

私は《エイロネイア》の付き人として関係者パスをもらい、楽屋（ステージ裏に並べて建てられたプレハブである）で女王様の肩を揉み、魔王様の靴を磨き、幼王様のネクタイを結んだ。

「我らの出番は前半の最後か」

「大トリでもいいくらい、いい曲になったのにねえ」

「なに、順番など構わぬわ。所詮(しょせん)は祭りの戯(たわむ)れじゃからの」

　この王様たちはなぜこんなに自信満々なのか。年表と園芸日記と処刑命令書の歌なのに。

　ちなみに若だんなはスポンサーなので、イベント本部の偉い人用の控室にいる。そういえば今回はずっと天紋堂(てんもんどう)の若だんなとしての権力を使っているので、スーツの出番がない。やっていることは一貫して異世界転生者対応なのだけれど。

　秋雨(あきさめ)さんは観客席サイドで待機している。念のために関係者パスも渡したと若だんなが言っていたので、何かあったら駆けつけてくれるとは思うが、何も起こらないに越したことはない。

　何を心配しているのかといえば、三人の本体の魂が暴走することである。我(が)が強い王様たちに抑えつけられているせいか、この数日、三人の周りでポルターガイストみたいな現象が頻発(ひんぱつ)しているのだ。昨日のリハーサルでも、アンプやライトが突然揺れ始めてひやひやした。

「案ずるな。本体もミュージシャンなら、演奏の邪魔をするような真似はすまい」

「うむ。我らの演奏で黙らせてやればよい」

「どっちが強いのか教えてあげるよ」

本体の抵抗にもやはり王様たちはどこ吹く風である。そのメンタルの強さは羨ましいが、何か起きた時に後始末をするのはこっちだということを忘れないで欲しい。

やがてステージの方から大きな歓声が聞こえてきた。ライブが始まったのだ。

自分が出演するわけでもないのに、私の緊張は増すばかりだった。

そしてとうとう、余裕綽々の王様たちの出番がやって来た。私はステージの袖からハラハラしながら三人を見守った。会場は盛り上がり切っている。この大勢の観客の前で魂の暴走が起きたら、どうするのか。お願いだから無事に終わって欲しかった。

だが私の願いは往々にして叶わないのだ――。

イーリスさんの美声が年表を唱え始めてすぐ、ステージ上を這う機材のケーブルが火花を散らした。頭上のライトがチカチカ点滅し、足元のアンプが煙を上げる。

「！」

「魂の暴走が始まりましたね」

気がつくと、隣に若だんながいた。

「どうしますか、スポンサー判断で中断します!?」

「いいえ……観客は異常に気づいていません。演出だと思っているのでしょう」

そう言われてステージ下の観客を見れば、誰も慌ててはいない。ステージと観客最前列との間は柵で遮られて少しスペースがあり、ライトの点滅も機材から上がる煙も、遠目に見れば照明やスモークの演出に見えるのかもしれない。

「先にステージと観客席との間に軽く結界を張っておきましたが、もう少し強める必要がありそうです」

「それでなんとかなりますか⁉」

三人の王様たちはすっかり自分の演奏に酔い、周りが見えていない。さすがに舞台監督やスタッフは異変に気づいて動き始めていたが、若だんなが呪文を唱えると、静かになってしまった。

「何をしたんですか⁉」

「ステージ上だけを結界で包みました。外からは恙無い演奏が見えているはずです」

「中断して三人を引っ込めた方が早くないですか」

「それは本当に最後の手段です。今日のこのイベントで大切なのは、観客に異変を気取らせず、三人に最後まで演奏を続けさせることです」

「どうして――」

それ以上は問い詰められなかった。若だんなが真っ青な顔をしていたからだ。

「ちょっと……大丈夫ですか？　一体、結界を何重にしたんですか」

若だんなは、ステージ袖に置かれた大きな機材に寄り掛かるようにしながら呪文を追加した。顔色からしても苦しげな表情からしても、明らかにオーバーワークだ。

もちろん天紋堂としては、スポンサーを務めるイベントで事故など起こしたくないだろう。大勢の観客という目撃者をなんとかごまかさなければならないのはわかるが、これはアパートの一室を周りの空間から切り離すのとはレベルの違う大技ではないのか。

若だんなの肩を支えながらステージを見れば、三人を取り巻く機材がバチバチ火花を散らしている。まるでステージ中にロケット花火を仕掛けてあるかのようだ。けれど若だんなに触れる手を離せば、何事もなく歌い演奏している三人が見えるだけだった。

「おい、大丈夫か？　あいつら全員、殴って引きずり降ろしてやろうか」

秋雨さんが駆けつけてくれたが、若だんなは頭を振った。

「いけません……このまま続けさせます……」

曲は二番の終わりに近づいていた。園芸日記の途中に魔王様のシャウトが入った。

「あ、そうだ、何か甘いもの――」

ポケットを探っても飴しかなかったが、何もないよりマシだろう。だが若だんなは飴を差し出す私の手を止めた。

「今は結構です……小毬(こまり)さんがここにいてくださるだけで……」

「は？」

「やはり……小毬さんはちょうどいい……」

「はい⁉　私に意味がわかるように言ってください！」

ちょうどいい、って何が？

訳のわからなさと心配から、若だんなの肩を揺すりそうになる私を秋雨さんが止めた。

「これだけ喋(しゃべ)れるなら、若はまだ行ける。とりあえず今は、奴らの出番が終わるまで頑張らせとけ」

なんとか三番の処刑命令が終わり、《エイロネイア》の三人は興奮に拳を突き上げながらステージを捌(は)けていった。

ここでライブの前半が終わり、いったん休憩に入る。

機材の点検や転換にステージへ上がったスタッフたちが、

「おわっ？」

「なんだこりゃ！」

一部の機材が焼け焦(こ)げているのに気づいて驚き、慌てて修理や交換作業を始めた。だが私が心配したほどひどい被害は出なかったようで、この休憩中になんとかリカバリ出来そうだと話しているのが聞こえてほっとした。

何かあった時のことを考えて、《エイロネイア》の出番を休憩前に持ってきたのは若だんなの計算だろう。さすがに新人を大トリには置けないし、出来得る最大限の配慮だ。そしてイベントが続行不可能になるほど魂を暴れさせなかったのも若だんなの手柄だろう。

ただし、被害が抑えられた代わりに若だんなが瀕死の状態だった。ぐったりしている若だんなを秋雨さんが担いで控室へ運び込み、冷蔵庫に詰まっていた和菓子の箱を開けた。

「もう食えるだろ、食え！」

ソファにもたれながらお菓子を貪る若だんなを見て、はっと腑に落ちた。

そうか、口に物が入っていると呪文を正しく唱えられなくなる。だからさっきは、私が差し出した飴を断ったのだ。当たり前のことに今さら気づき、

「それだけ食べられるなら大丈夫みたいですね。ちょっと三人の様子を見てきます」

そう断ってから《エイロネイア》の楽屋を覗くと、三人の王様たちは熱狂のあとの虚脱状態でぼんやり天井を眺めていた。室内に物は飛び交っていない。こちらはこちらで、大丈夫そうだった。

「三人とも、今は落ち着いてるみたいです。部屋の中も静かだったし」

控室に戻って報告すると、若だんなの顔色は大分良くなっていた。

「甘いものでそこまで急速回復するんですね……！」

呆れ半分感心半分の私に秋雨さんが言う。

「お嬢が傍にいればもっと効くぜ」

「え？」

「同種の力を持つ人間が傍にいると、力を分けてもらえるんだとさ」

「同種って……前世見の力、ですか？」

「まあな、今日のレベルで力を使えば、これまでの若だったらとっくにぶっ倒れてたからなー。お嬢が一緒にいたおかげで、今日は最後まで持ったよ。あの状態で口がきけてるの初めて見たしな」

「……もしかして、私が持ってる魂の糸を見る以外の能力って、それですか？　若だんなの充電器……？」

若だんなが少し気まずそうに頷いた。

秋雨さんも知っている事情を、どうして当の私が知らないのかと腹が立った。

「だったら、『内緒☆』なんてお茶目ぶってないでもっと早く教えてくれればいいじゃないですか！　私が傍にいればいいだけなら、いくらでも付き合いますよ！」

私に喰って掛かられ、若だんなが苦笑しながら答える。

「いえ、小毬さんにあまり気を遣わせてしまってはいけないと……」

「隣で黙って真っ青な顔される方がよっぽど困りますって！　なんですか、傍にいるだけで低速充電なら、何をしたらもっと急速充電出来るんですか？　血でも吸いますか？」

「とんでもない、私は吸血鬼ではありませんので」

若だんなは頭を振る。

「急速充電は危ねーんだよ。若が母ちゃんと一緒にいられねー理由がそれだ」

「え」

お母さん？

きょとんとする私に秋雨さんが説明する。

「若の家の血筋は厄介だな。力が強い者同士が近くにいると、互いの力を際限なく吸い取っちまうらしい。だから若と母ちゃんは長く接近出来ない。共倒れになるからな」

「そんな……？」

もっとも、同じ屋敷に住んでいるのに、若だんなとお母さんが一緒にいるのを見たことがない――それは私がずっと不思議に思っていたことでもあった。仕事に関する情報のやり取りはしているようだし、仲が悪い風にも感じなかったので、余計に謎だった。その答えが、今明かされた。

「じゃあ、よそ者で、ちょっとだけ同じような力を持っている——傍に置くには私程度がちょうどいい、ということですか。力を吸い過ぎずに済むから……」

それがさっきの、「小毬さんはちょうどいい」発言の真意か。

力と言っても、若だんなが使うそれがどんなものなのかは未だにわからないままだ。よくわからないものをあるものとして語ることに、私はどんどん慣れさせられてゆく。

だがそれがどんな力であれ、私は別に身体から何かを奪われている感覚はないし、普通に活動出来る体力は十分残っている。一気に回復出来るほどの力はもらえなくても、差し障りがない程度に力を提供してくれる相手として、私が最適ということなのか。

「……」

私は改めて考え込んでしまった。

本来の前世見の仕事、前世の因縁を解すだけなら楽な仕事だと若だんなは言っていた。残業の異世界転生者問題さえなければ、充電が必要になるほど消耗することもなく、若だんなとお母さんは普通に暮らせていたのに違いない。

一銭の得にもならない慈善事業なのに、身体的にも精神的にも、もちろん金銭的にも、負担が大き過ぎる。「残業」なんて茶化して言ってる場合じゃない。こんなに天堂家の人間が犠牲を払う義理はないと心底思う。

でもこの土地に次から次へと現れる異世界転生者に天紋堂が対処しなければ、他に誰がやってくれるのか。転生連から来た秋雨さんだって、この世界では一文無しで、腕っぷししか使えない。だから若だんなが無理をするのを誰も止められない。

「本当に慈善事業が過ぎますよ……！」

私は泣きたくなりながら文句を言った。

「異世界転生者は、自分が好き勝手する前に、自分がどれだけその世界にネガティブな影響を与え得るか、想像を巡らせるべきですよ。やっぱり講習とリテラシー教育が必要です。転生連加盟世界すべての学校の授業で『異世界転生のマナー』は必須科目にするべきですよ。講習内容は加盟世界共通の同報無線で朝昼晩に流すべきですよ！　脳内に直接語り掛けるでも可！　これこそ魔法が役立つ時！」

私の文句と提案を秋雨さんは黙って聞いてくれるが、こんなところで喚いたところで転生連に何も届かないことは私にもわかっていた。

数日後、公民館の講堂に今日も《エイロネイア》の三人は集まっていた。

王様たちはご機嫌である。

「我らのあのライブを見て、メジャーレーベルから声がかかるかもしれぬぞ」

「うむ、良い出来じゃったからな。だが我らは別に目立ちたいわけではない。あまり有名になるのは御免じゃ」

「所詮、お遊びで出ただけのイベントだからねえ。そういえばあの時はちょっと本体が抵抗してた気もしたけど、その後は静かになったよね。分を弁えたのかな」

確かに、魂の暴走はあのイベント以来鳴りを潜めたようだった。まさか本当に王様たちの力を認めて、おとなしくなってしまったのだろうか？　本体は押しが強いとは言えない三人だったから、あり得そうで怖い。

あんまりこの王様たちを図に乗らせないで欲しいんだけど——と私が思っているところへ、若だんながやって来た。

「お邪魔いたします。今日はお三方にお見せしたいものがありまして」

若だんなが三人に差し出したのは、数枚の紙だった。

「先日のイベントの、アンケート結果です。曲の感想や、参加アーティストの人気順も出ていますよ」

「なるほど、我らへの賛辞を届けに来たのだな。ご苦労」

魔王様が自信満々にアンケート結果を受け取る。だがそれを覗き込んだ女王様が眉を吊り上げた。

「な……なぜじゃ！　なぜ我らの人気が最下位なのじゃ⁉」

「――意味がわからない？　つまらない？　なんだよこの感想！」

そりゃね、本人たちは気持ち良くなっちゃってたみたいだけど、異世界の年表と園芸日記と処刑命令書の歌だし。お客さんには意味不明だったと思いますよ……。

私は苦笑しながら横を向いた。そして若だんなの魂胆を悟った。

――なるほど、狙いはこれだったのか……。

若だんなは飽くまで澄ました顔で言う。

「言葉で説明しただけではご理解が難しいようでしたので、お三方に実体験していただきました。これが、異世界転生者はこの世界で何者にもなれない、ということです」

「――……」

王様たちは無言で顔を見合わせた。

「あなた方は、この世界の人間から食べ物や着る物を奪って暮らしている。それを気にしないのであれば、気にせず暮らすことも出来るでしょう。けれど、食べ物を奪うように成功を奪うことは出来ません。英雄になることも、梟雄になることも、それは異世界人に奪えるものではない、この世界に生まれた者だけが持つ権利なのです」

「異世界転生者はここで、成功者にも極悪人にもなれない、と……？」

女王様が噛み締めるようにつぶやいた。

「そうです。この世界で、あなた方の努力が報われることはないでしょう。今回のように大きな舞台に出る機会までは得られても、そこで一等賞は獲れない。この世界であなた方が特別な存在になることは出来ないのです」

「――……」

無言で考え込んだ王様たちは、

「それで本当によろしいのですか？」

若だんなの駄目押しのような確認に顔を上げて叫んだ。

「――わかった、転生連へ行くのを了承しよう！」

「だが記憶は消してもらうぞ」

「強くてニューゲームを気取る気はないよ。何も覚えていなくても、新しい世界でてっぺん獲ってみせる！」

そこへ待ってましたとばかりに秋雨さんが走り込んできた。三人の脳天から飛び出した魂の糸を手際良く引き抜いてゆく。

「ヘイ、三丁上がり！」

倒れ込んだ三人をベッド状に並べたパイプ椅子に寝かせ、私はほっと息を吐いた。

「最後はびっくりするくらいスムーズでしたね……」

すべてはここへ追い込むための若だんなの計画だったのだ。

私は王様たちの尊大さに太刀打ち出来ず、説得の手を見つけられずにいた。だが若だんなは、相手が王様だからこその作戦を立てた。口では何者でもない穏やかな暮らしをしたい、もう転生はしたくないと言っていても、本当は人の上に立ちたい、上昇志向の強い人たちなのだと看破した。

だからそれがこの世界では叶わないことを思い知らせる必要があった。大きな舞台で三人に満足出来る演奏をさせて、それでも人気が取れない現実を見せつけたかった。この田舎町で格好の大イベントがそう頻繁に催せるものでもなく、あの機会を逃すわけにはいかなかった。だから若だんなはあんなに無理をしたのだ。

結果は若だんなの勝ちだ。知らんふりで王様たちの要求を聞いてあげながら、三人の深層にある心理を暴いてみせた。

「異世界人の扱いにはいろんなパターンがありますね……勉強になります」

私はしみじみとつぶやき、気を失っている三人を見た。彼らが目を覚ましたら、もう王様たちはいない。これからは異世界転生者に邪魔されず、本当の《エイロネイア》の実力を発揮して欲しいと心から思った。

「小毬さんも、我がままな王様たちのお世話役、お疲れ様でした」

一件落着、若だんなに労われても、気分晴れやかとはいかなかった。《前世見の間》に垂れる魂の糸、あの中にまだまだ異世界転生者の干渉で黒く変色した魂があることを知っているからだ。

転生連加盟世界には、異世界転生者を大活躍させてくれる世界、異世界転生者を穏やかに暮らさせてくれる世界がたくさんあるという。でもこの世界は違うのだ。

だから私は困ってる。

ゆえに声を大にして言いたい。

異世界転生はよそでやれ――――！

〔了〕

あとがき

こんにちは、我鳥(わどり)彩子(さいこ)です。

もう四半世紀以上も前、私の中で異世界ものブームが起きていました。異世界に迷い込んだ主人公が知識や特技を駆使して活躍するお話を書いたりしていました。でもそれを新人賞に投稿しても箸(はし)にも棒(ぼう)にもかかりませんでした。それでも趣味で書き続けるうち、視点が別の方向へも広がって行きました。

突然見知らぬ世界に迷い込むなんて、本人にとっては確かに一世一代の大事件。訳のわからない異世界で奮闘するキャラクターを主人公に据えるのは物語として当たり前かもしれないけれど、それを逆から見たら？　いきなり、どこかわからないところからやって来た異世界人の世話をする羽目になった現地の人の苦労は如何許(いかばか)りか――。

でも私がデビューした十五年前は、その手のお話が受ける時代ではありませんでした。

雑誌の読み切りで一度だけ、異世界人に対応するお役所のお話を書かせてもらったことがありますが、それっきり……（それももう十年以上前）。

　その後、気がつけば巷では異世界ものブームが起きているとのことで、少女漫画の書き下ろし原作として、異世界転移ものを書かせてもらえることになりました。『魔王陛下のお掃除係』（作画・梶山ミカ先生）は月刊プリンセスで連載中でございます。こちらはもう、主人公が特技を生かして異世界で大活躍するという王道パターンのラブコメです。現在十巻まで刊行されています（堂々と他社の宣伝をする！）。

「漫画の連載が終わったら、小説で書きたい異世界ものがあるんですよねぇ、あっちと並行して書くのはちょっとアレなんで……」と具体的な部分は伏せて担当氏に話していたネタがありました。ある日、その内容をぽろりと漏らしたら、えらい乗り気な担当氏から「やりましょう、今やりましょう！」と勧められ、結局書いてしまったのが本作です。

　スタンダードな異世界転移漫画を連載中の一方で、こんな『異世界転生ネガキャン☆コメディ』を書いちゃっていいのかな……と不安に苛まれる私に、「カバーは梶山先生にお願いしましょう！」と言い出す担当氏。その攻めの姿勢に感服です。いつもの漫画原作とは正反対の原稿を読まされる羽目になった梶山先生、申し訳ありませんでした（苦笑）。

　そんなわけで、我鳥さんはスタンダードもネガキャン系もどっちもイケる口の異世界二刀流ということでどうかひとつ。

話は変わって、一話目を書き終えたあとのこと。ちょっと欲しい物があってネット通販を利用したところ、注文受付の翌日に品切れのお詫びメールが来ました。いくつか色の種類がある中で、私の選んだ色だけが品切れになってしまったとのこと。仕方なくカラー変更でそのまま購入手続きをしたのですが、小毬(こまり)さんはいつもこんな感じで第一希望の物が手に入らないいんだな、異世界人のせいで……としみじみ同情してしまいました。

皆様も、異世界転生した際にはその世界のシステムを慎重にご確認の上、適切な行動を取るようにしてくださいね。でないと小毬さんみたいな人から切実な苦情をぶつけられちゃうかもしれませんので（苦笑）。

ではでは、いつもお世話になっている関係者の皆様、お忙しい中イラストを引き受けてくださった梶山ミカ様、ありがとうございます。ここまで読んでくださったあなたにも大感謝です。ご感想などありましたら、ぜひお寄せくださいませ。

二〇二四年　七月

欧州開催の五輪は時差が辛(つら)いですが頑張って観ています！　　我鳥彩子

※この作品はフィクションです。実在の人物・団体・事件などにはいっさい関係ありません。

集英社オレンジ文庫をお買い上げいただき、ありがとうございます。
ご意見・ご感想をお待ちしております。

●あて先
〒101-8050　東京都千代田区一ツ橋2-5-10
集英社オレンジ文庫編集部 気付
我鳥彩子先生

駒月小毬は困ってる

転生者問題対策室《天紋堂》の残業

集英社
オレンジ文庫

2024年9月24日　第1刷発行

著　者　我鳥彩子
発行者　今井孝昭
発行所　株式会社集英社
〒101-8050東京都千代田区一ツ橋2-5-10
電話【編集部】03-3230-6352
【読者係】03-3230-6080
【販売部】03-3230-6393（書店専用）
印刷所　大日本印刷株式会社

ISBN 978-4-08-680580-3 C0193